Doris Claudia Mandel

Der Fall Stadler. Ein Volksstück

Des Bäckers Fluch. Opera Buffa nach Haruki Murakami

AF235803

ZUM BUCH:

Der Band vereinigt zwei Kriminalfälle unterschiedlicher Art. Der erste in dem Volksstück »Der Fall Stadler« schildert eine authentische Begebenheit aus dem Württemberg des Jahres 1850 und führt uns ins nachrevolutionäre Biedermeier zu einem Goldarbeiter und seiner Geliebten, einer Näherin, die beide ums nackte Überleben und gegen den gesellschaftlichen Druck eines sinnentleerten Ehrbegriffs kämpfen. Der zweite in »Des Bäckers Fluch« fußt auf zwei Erzählungen des japanischen Autors Haruki Murakami und behandelt einen in der fernöstlichen Gegenwart angesiedelten, rein fiktiven Raubüberfall, der hier zum Libretto für eine Opera buffa verarbeitet und ursprünglich für einen von netzzeit Wien, dem Luzerner Theater und von OperaGenesis London ausgeschriebenen Wettbewerb verfasst worden ist. Ein frisch verheiratetes Ehepaar, sie Designerin, er Rechtsanwalt, trifft sich mitten in der Nacht vor dem heimischen Kühlschrank, weil es von einem unerklärlichen Heißhunger geplagt wird. Bei dieser Gelegenheit erzählt der Mann die Geschichte, wie er, Jahre zuvor, zum Verbrecher geworden ist und deswegen einem Fluch unterworfen wurde, bei dem der Hunger die zentrale Rolle spielt.

Doris Claudia Mandel

Der Fall Stadler

Ein Volksstück in fünf Bildern

Des Bäckers Fluch

Opera buffa nach Haruki Murakami

BoD

Bibliografische Information der Deutschen Nationalbibliothek:
Die Deutsche Nationalbibliothek verzeichnet diese Publikation
in der Deutschen Nationalbibliografie; detaillierte bibliografische
Daten sind im Internet über http://dnb.d-nb.de abrufbar.

IMPRESSUM
© by Doris Claudia Mandel 2020 für die zweite, korrigierte Auflage
(Erstausgabe © 2008 by Galgenbergsche Literaturkanzlei). Alle Rechte
vorbehalten.
Satz: die Autorin; Umschlaggestaltung: auf Basis einer Vorlage von BoD.
Illustration auf der Titelseite unter Verwendung einer Grafik von W.
Claudius (?) [Werbeanzeige in »Die Gartenlaube«, Heft 6 1894], unter der
Lizenz: CC BY-SA 3.0, und eines Fotos von chinese, „Alte Werkstatt",
CC-Lizenz (BY 2.0), https://creativecommons.org/licenses/by/2.0/de/
deed.de, aus der kostenlosen Bilddatenbank www.piqs.de.
Herstellung und Verlag: BoD – Books on Demand, Norderstedt
Die Vorlage für das Libretto, Murakamis Erzählungen »Der Bäckereiüber-
fall« und »Der zweite Bäckereiüberfall«, sind in dem Band »Der Elefant
verschwindet« beim Berliner Taschenbuchverlag (2. Auflage 2006) erschienen (in der deutschen Übersetzung von Jürgen Stalph).
Der vorliegende Text war ein Beitrag für einen Librettowettbewerb von
netzzeit Wien, Luzerner Theater und OperaGenesis ROH2 London

ISBN: 9783752686203

INHALT

Doris Claudia Mandel

Der Fall Stadler

Ein Volksstück in fünf Bildern
nach einem authentischen Kriminalfall aus dem Jahre 1850

PERSONEN:

Wilhelm Dengler, Goldarbeiter

Vater Dengler, Uhrmachermeister

Emilie Stadler, Denglers Lebensgefährtin, Näherin

Friedrich Frick, Schauspieler

Ein Gendarm

Eine Hospitalschwester

Stimmen aus dem Off (Marschierende, Flüstervolk, Eisenbahn-passagiere, u. U. von Konserve)

KOSTÜME

Biedermeier, bürgerlich, bei Wilhelm Dengler von Bild zu Bild ärmlicher

ORTE DER HANDLUNG:

Werkstatt und Wohnung Wilhelm Denglers in Ludwigsburg

Zimmer Emilie Stadlers in Marbach

Katholisches Hospiz in Ludwigsburg

Bahnhof von Ludwigsburg

ZEIT DER HANDLUNG:

Vom Sommer 1847 bis zum Sommer (22. August) 1850

I. Bild

Sommer 1847. Wilhelms Goldarbeiter-Werkstatt in Ludwigsburg.
Emilie, Wilhelm. Später Vater Dengler

Wenn irgend möglich eine naturalistische Einrichtung: Die
Werkstatt dient gleichzeitig als Wohnstube. Eine Esse, ein Bla-
sebalg. Ein an einer Seite fest an der Wand verankerter Tisch
mit einer massiven Arbeitsplatte aus Holz. In der Tischplatte ist
eine große Aussparung in halbrunder Form für den Goldarbeiter
freigelassen. In deren Mitte befindet sich der »Feilnagel«, ein
Keil aus Hartholz, der in einer Vertiefung in der Kante der
Tischplatte verkeilt ist und als Anlegefläche beim Bearbeiten
kleinerer Werkstücke dient. Unter der bogenförmigen Aussparung des Werkbrettes das »Fell«, eine sackähnliche Vor-
richtung aus Schafleder, in der die beim Bearbeiten der Werkstücke anfallenden edelmetallhaltigen Reste aufgefangen werden. Unter dem Feilnagel Schubladen für Arbeitsgeräte. Auf
dem Tisch dahinter eine feuerfeste Abdeckung aus Stahlblech
mit der Lötkohle. Überall in Griffweite spezielle Werkzeuge
(Feilen, Punze, Stichel, Zangen, Stahlwinkel, Sägen, Reißnadel,
Ringriegel usw.). Neben der Arbeitslampe das Bretteisen (ein
massiver Stahlwürfel, dessen plan geschliffene und polierte
Ober-fläche zum genauen »Richten« der Werkstücke dient).
Außerdem ein kleiner Amboss, ein Schraubstock mit diversen
Zieheisen usw. Diesem eigentlichen Arbeitsbereich gegenüber
die nicht viel gemütlichere Wohnecke mit offenem Regal, darin
Wäsche, einem Tisch mit zwei Stühlen und einem Bett vor grell
farbiger Biedermeiertapete. Auch eine Kindertrommel findet sich
dort. Am Tisch wartet die schwangere Emilie darauf, dass der
Mann, mit dem sie in wilder Ehe lebt, der Goldarbeiter Wilhelm
Dengler, seine Arbeit beendet und zu ihr herüber kommt. Sie hat
Stoff auf dem Schoß und näht.

EMILIE	Bischt endlich fertig mich deinem Gefiddschl? (*Wilhelm stöhnt.*) Was wird's diesmal?
WILHELM	Ein Kelch. Zwölflötiges Silber. (*Er zeigt ihn.*) Für den muss ich vierundachtzig alte preußische Taler einschmelzen. Ein halbes Jahr Arbeit.
EMILIE	Du schaffst wie'n Bronnabuzzr. Wenn's danach ginge, müsstest du längst Fabrikbesitzer sein.
WILHELM	Würde Arbeit reich machen, hätte der Ochse mehr Geld als der Bauer. Neulich kam jemand, der bot mir Schmuck an. Nachdem ich abgewogen hatte und den Metallwert berechnet, sagte der Herr, er wolle sich für den Betrag einen neuen Schmuck aussuchen. Ich wunderte mich noch. Und war zu blöde zum Misstrauen. Dann stellte sich heraus: Der Schmuck war gestohlen, der Herr ein gewöhnlicher Dieb. Die Polizei hat das Zeug beschlagnahmt, und mir bleibt ein Verlust.
EMILIE	Den wirst du verschmerzen.
WILHELM	Wenn es nur der einzige bliebe.
EMILIE	Bleibt er nicht?
WILHELM	Als ob du das nicht wüsstest. Sieh mich an! Sechzehn Stunden Schufterei jeden Tag. Was kommt dabei herum? Mein Vater muss mir ein Salär zustecken, damit wir nicht verhungern.
EMILIE	Damit *du* nicht verhungerst.
WILHELM	Gehören wir nicht zusammen?
EMILIE	Wir sind nicht verheiratet.
WILHELM	Das liegt nicht an mir. Warum willst du nicht? Dabei heißt es doch, eine Frau mache sich Sorgen um ihre Zukunft, bis sie einen Mann hat.
EMILIE	Und ein Mann mache sich *keine* Sorgen um seine Zukunft, bis er eine Frau hat. (*Wilhelm lacht.*) Wovon sollen wir leben? Ein halbes Jahr Arbeit für einen Kelch

aus zwölflötigem Silber. Ich müsste eh weiter nähen. Die eine Tretmühle ist mir genug. Die kann ich auch ohne Ehe haben.

WILHELM Als ob's nur immer ums Geld ginge.

EMILIE Es geht immer nur darum. Warum sonst darf niemand heiraten, von Amts wegen, wenn er so arm ist, dass bei ihm die Mäuse verhungern?

WILHELM Wenn i scho koin Baur ben,
gohd mr au koin Gaul nedd hee,
brichd mr au koin Ochs a Horn,
scheissd mr au koi Kaddz ens Korn.

EMILIE Sehr witzig!

WILHELM Es tut sich was.

EMILIE Was meinst du?

WILHELM Überall rumort es. Unter den Schneidern, den Buchdruckern — und unter meinen Leuten, den Goldarbeitern. Es gibt erste Drohungen gegen die Regierung.

EMILIE Von dummen Jungs, die Stoffkappen mit Schirmen tragen, wenn sie auf die Straße gehen, weil sie glauben, dass sie damit die Obrigkeit ärgern.

WILHELM Aber wir gehen auf die Straße!

EMILIE Weil in den Wirtshäusern die Bierpreise gestiegen sind.

WILHELM Vor ein paar Tagen ein Massenauflauf in Stuttgart. Der Bäckermeister Mayer hatte kein Brot herausgerückt, obwohl den Bürgern die Mägen knurren. Da sind wir vor sein Haus gezogen. Wir hielten Topfdeckel in den Händen und machten einen entsetzlichen Rabatz.

EMILIE Mayers Ofen war kaputt. Der wurde an dem Tag repariert.

WILHELM Behauptet der Bäcker! Und du fällst drauf rein! Mayer wollte den Brotpreis in die Höhe treiben, das war der Grund. Also rufen wir: »Kornwucher! Kornwucher!« (*Er fuchtelt mit beliebigen Werkzeugen in der Luft herum*.) Da fliegen die ersten Pflastersteine in die Fensterscheiben. Auch Gaslaternen gehen zu Bruch. Dann die Parole: »Es lebe die Freiheit! Es lebe die Republik!« Der Stadtdirektor eilt herbei, hat die Landjäger im Schlepp, die Bürgergarde vom Rathaus und den Schultheiß. Sie kommen auf den Platz, als ein paar Hitzköpfe gerade versuchen, Mayers Haustür einzutreten.

EMILIE   Du warst nicht zufällig unter ihnen?

WILHELM   Man rückt gegen uns vor, verhaftet uns …

EMILIE   Dich nicht.

WILHELM   Dann räumen sie den Platz. Aber wir geben nicht klein bei und werfen wieder mit Steinen, weswegen man militärische Hilfe requiriert. Mehrere Reiter-Regimenter rücken an, kriegsmäßig bewaffnet. Der Divisionskommandeur fackelt nicht lange. Er gibt Befehl, auf uns einzureiten und uns auseinanderzutreiben, erst mal mit flacher Klinge. Es dauert aber nicht lange, da soll scharf gehauen werden. An einer Brücke über den Nesenbach werden Barrikaden aufgeschichtet. Dahinter stehen wir, mit Zaunlatten bewaffnet. Sogar der König erscheint, um sich anzusehen, was da los ist. Als wir auch ihn mit Steinen bepflastern, feuern die Soldaten eine Salve in die Menge. Ein junger Bursche, ein Schustergeselle aus Buchheim, erst einundzwanzig Jahre alt, wird getroffen.

EMILIE   Wie geht es ihm?

WILHELM   Er ist gestorben. Ein Märtyrer.

EMILIE   Ein dummer Junge. Man schmeißt nicht mit Steinen, schon gar nicht nach dem König, das weiß jeder.

WILHELM	Ein Postassistent hat Ihre Majestät »Hurenbock« genannt. Jetzt sitzt er wegen Majestätsbeleidigung im Arbeitshaus, die ersten acht Tage bei Dunkelarrest.
EMILIE	Und Ihr anderen? Habt Ihr Euer Brot bekommen?
WILHELM	Was für Brot?
EMILIE	Na, das vom Bäckermeister Mayer doch.
WILHELM	Wieso kommst du jetzt damit? Darum ging's nicht längst mehr.
EMILIE	Worum dann?
WILHELM	Die Zeit ist reif, dass sich was ändert.
EMILIE	Indem man Steine schmeißt? Ich mag nicht so bald Witwe werden.
WILHELM	Du kannst nicht Witwe werden. Wir sind nicht verheiratet. Im Grunde müsste man es machen wie die anderen und auswandern. Nach Amerika. Dort liegt das Gold auf der Straße.
EMILIE	Jetzt, wo alles anders wird? Macht dir die Klopperei auf unseren Straßen keinen Spaß mehr?
WILHELM	Jedzd isch de Zeid und Schdund da,
	allwo mir ziehe no Amerika;
	dr Wage schdehd scho vor dr Tür,
	mid Weib und Kindern ziehe mir.
	Amerika, du schöns Land!
	Des isch dr ganze Weld bekannd
	da wachsch dr Kle drei Elle hoch,
	da gibd s Brod und Fleisch genug.
	Ihr Freinde alle, wohlbekannd!
	Reichd uns zum ledzde Mal die Hand.
	Wir sehe uns nun nimmermehr,
	ihr Freinde, woid nedd so sehr!

EMILIE	Lass mich in Frieden mit dem Quatsch! Was soll ich woanders?
WILHELM	Nähen, so wie hier. Überall auf der zivilisierten Welt braucht man Kleider.
EMILIE	Was ich hier nicht packe, das wird mir auch drüben nicht glücken. Überhaupt. Wie hast du dir das mit unserem kleinen Bastard gedacht? Den bring' ich dann wohl auf dem Schiff zur Welt, während der Passage? Das würd' was geben!
WILHELM	*(beendet seine Arbeit, zieht einen Hausrock über, geht zu Emilie hinüber und legt seinen Kopf auf ihren Bauch)*
	An den hend i boinahe nemme dachd.
EMILIE	*(am Weiternähen gehindert)* Macht ihr nur Eure Revolutionen. Wir räumen danach den Dreck weg.
WILHELM	*(streichelt Emilies Bauch)* Wie schnell das alles gangen ist.
EMILIE	So schnell es die Natur zulässt.
WILHELM	Ich meine doch: mit uns. Ällig.
EMILIE	Dass wir uns auf einer Hochzeit kennengelernt haben, könnte man für einen Witz halten.
WILHELM	Du warst schon damals saumäßig amüsiert. Leider.
EMILIE	Wieso leider?
WILHELM	In Rührung versunken, hätte ich dich lieber gesehen.
EMILIE	Das wäre schwer zu machen gewesen. Spätestens als der Bräutigam steif und fest behauptete, jemand hätte seinen »Jabod« und seinen »Zylindr« und seinen »Schbenzr« versteckt. Dabei trug er schon alles am Körper. Aber am verrücktesten war, als du dem Paar den Brautbecher überreicht hast.
WILHELM	*(Er stürmt in die Werkstatt, wühlt, holt einen Brautbecher hervor. Der hat zwei Kelche, einen großen [Rock] und einen kleineren, die miteinander verbunden und auf einem Gelenk beweglich gelagert sind.)*
EMILIE	Was wird das?

14

WILHELM   So einer war's.

EMILIE   So einer?

WILHELM   Brautbecher. Nun mach! (*Emilie und Wilhelm setzen die Kelche an, als wollten sie gleichzeitig trinken.*) Was keinem vorher gelungen ist — eine Kunst! —, den beiden glückte es: Sie verschütteten den Wein.

EMILIE   Ein böses Omen!

Sie lachen, tun, als verschütteten sie, mit zitternden Händen, den Wein und lassen den Brautbecher zu Boden fallen. Da sie einander ohnehin nahe sind, nehmen sie die Gelegenheit wahr, sich zu umarmen und zu küssen.

Es klopft energisch an der Wohnungstür. Die beiden fahren auseinander. Ohne eine Aufforderung abgewartet zu haben, tritt Vater Dengler auf.

WILHELM   Vaddr!

EMILIE   Der hat mir gerade noch gefehlt! (*Sie richtet ihre Kleidung und setzt sich züchtig auf einen der Stühle.*)

VATER DENGLER   (*eintretend*) Offe. Wie immr. Bei dir schoid's wirklich nix ze gebe, was si lohnd, gschdohle ze werde. (*Er blickt sich gründlich und mit der Selbstsicherheit des Eingeweihten um, entdeckt schließlich Emilie.*) Aha, die Kebse. Au wie immr.

WILHELM   Du bischd an rechdr Bäffzger.

VATER   Schdimmd s edwa nedd?

WILHELM   Ich verbiete dir, so von meiner Frau zu sprechen!

VATER   Sie isch nedd doi Frau. Nedd no dem Gesedz. Und ze verbiede haschd mir gar nix. Nedd, solang i doi Rechnunge berabbe.

EMILIE   Seine Rechnungen vielleicht, aber nicht meine!

VATER   Kusch! (*zieht ein Papier aus der Tasche*) Es bressird. Ich bekomm Mahnunge. Vo moin Kunde. Bin im

Verzug. Wenigschdens oi halbs Dudzend Uhre liegd auf Eis. Alls, weil du nedd rechdzeidich zulieferschd. Mir fehle Gehäuse, englische Zeigr und französische Federet. Also, wo bleibe die? Odr ferdigsch liabr Siegelring und Schdembl für de Herre? Bringe sie dir mehr Gewinn?

WILHELM   Ich hab einen großen Auftrag, der bindet alle meine Kapazitäten.

VATER   So, »Kapazitäten«. I war zuerschd da!

EMILIE   Sie sind immer zuerst da.

VATER   Es gibd Verdräg.

EMILIE   Zwischen Vater und Sohn?

VATER   Sieh mol oir an, zwische Vadr und Sohn. Überall, wo s Geschäfde gibd. Abr davo verschdehet Sie nix, klois Fräuloi. Verdräg sind Ihne fremd. Zu allerersch solche brivadr Ard, gelladse?

EMILIE   Durchaus nicht, obwohl ich eine Frau bin.

VATER   Warum scheie sie si noh davor, oin abzschließe?

WILHELM   Das haben wir doch schon tausendmal durchgekaut.

VATER   Genüdzd had's abr nix. Ich duld koin Baschdard in moir Familie.

WILHELM   Das Kind ist unterwegs. Was willst du machen?

VATER   Ich? Ihr! Heiraded!

WILHELM   Und wenn nicht?

VATER   Du weißd, was, wenn nedd. (*Er schwenkt die Mahnbriefe.*)

WILHELM   Ich kann eine Familie nicht ernähren!

VATER   Wovo de Muaddr dois Kinds lebe soll, wenn sie alloi bleibd, fragschd nedd?

EMILIE   Ich habe einen Beruf.

VATER   Des isch au was! Näherin. Immerhin: Dr Wäscheschrank isch dr Bücherschrank dr Frau, nedd wahr?

EMILIE   Ihr Wilhelm kriegt nicht mal die Ehelizenz.

16

VATER   Des würd si finde. De Schdaddschultheiß kenn' i, den Herrn Dokdor Bunz. Vorausgesedzd, Sie wolle. Danach siehd s mir allerdings nedd aus. Amazone heirade nedd. Sie lebe liabr in selbschdgewähldr Schand. Ich nehm nedd an, dess Sie oi Korsedd drage?

EMILIE   (*Ist erst sprachlos, dann zu Wilhelm*) Und du stehst daneben.

WILHELM   Was sonst?!

VATER   Moi Sohn kann oin Wohnsidz nachweise, und er hedd oi undadelig bolidische und siddliche Lebensführung. (*Emilie lacht gekünstelt.*) Edwa nedd? Des oizig, woran s haberd, isch des regelmäßig Einkomme. Da wird er si hald mol oi bissle hinoiknie müsse.

EMILIE   Sich mehr hineinknien, als er's jetzt schon tut, kann er nicht.

VATER   Vielleichd doch, wenn er oi Frau hedd, die ihm den Rügge freihäld.

WILHELM   Vaddr! Des läsch gscheidr bleiba!

EMILIE   (*zitiert parodistisch*) Nimm IHN, wenn ER von seinen anstrengenden Geschäften heimkehrt, jederzeit mit dankbarer Freude auf. Suche, IHN für seinen Arbeitseifer zu erquicken. Sorge nicht nur für SEINE Gemächlichkeit, sondern auch für SEINEN sinnlich angenehmen Zustand. Klage IHM nicht unnötig vor, am wenigsten von jenen kleinen Unbehaglichkeiten, die dir im Laufe des Tages zugestoßen sind. Umgib IHN heiter und unterhalte IHN mit munteren und trauten Gesprächen über beliebte Gegenstände.

Emilie stößt Wilhelm beiseite und flieht aus der Wohnung. Blackout.

II. Bild

Frühjahr 1848. Emilies Zimmer in Marbach.

Emilie, Frick. Später Wilhelm. Dazu Marschierende.

Revolutionszeit. Emilie mit ihrem Kind. Kanapee, Klapptisch (darauf ein Bügeleisen), Stühle, Vitrine mit offensichtlich selbstfabrizierten Püppchen, Standuhr, eine Wiege. In der Ecke eine Schneiderpuppe. Auf einem Nähtisch Stoffe, Zwischenfutter und Besätze, Kragen, Ärmel, Taschen, Bänder. Am Boden ein aufgeklapptes Nähkästchen mit Nadelkissen, Steck- und Nähnadeln, Fingerhüten, Knöpfen, Scheren, Elle, Garnen, Zwirnen, Kopierrädchen und Schneiderkreide. Daneben ausgebreitet ein Schnittmusterbogen. Emilie näht an Kleidern, die sie allem Anschein nach in Auftrag hat, kniet gelegentlich auf dem Schnittmusterbogen, um etwas auszumessen und spricht nebenher mit ihrem Kind in der Wiege.

EMILIE   (*Sie schreibt mit einem Bleistift Bemerkungen an die Schnittmusterzeichnung. Sie setzt sich und näht. Zum Kind in der Wiege:*) Weißt du, meine kleine Motte, man muss sehr sorgfältig sein. Wenn ich meine Vorlagen nicht beschrifte oder falsch, habe ich später den Salat, für den Fall, dass ich nacharbeiten muss, weil ich dann nicht mehr durchblicke, was was ist. Auf den Millimeter genau zeichnen muss ich auch, sonst verschneide ich den Stoff, und das ist dann ein Verlust. Da denken die Herrschaften immer, Nähen sei ein Kinderspiel und rümpfen die Nasen. Es ist aber kein Kinderspiel. Man muss viel wissen und sich viel trauen und mächtig geschickt sein. Vor allem, was auch keiner wahrhaben will — der erste Schnitt kostet immer Überwindung. Wenn der erste Schnitt getan ist, geht alles andere wie von selbst. Aber der erste muss erst einmal gewagt werden. (*Von der Straße her ist Lärm zu hören. Offensichtlich zieht eine Kolonne Männer vorbei.*) Dein Vater ist genau so einer, der immer die Nase rümpft. Dabei sollte er froh sein, dass ich mein Geld selbst verdiene. Viel ist es nicht, zugegeben. Zum Glück sind die Lebensmittel erschwinglich, das Fleisch mal ausgenommen, und Obst gibt es so gut wie nie. Aber das Brot für zehn Kreuzer, das kann man verkraften. Verhungern werden wir nicht. (*Sie blickt in die Wiege.*) Vielleicht ist das der Grund dafür, dass sich dein Vater so lange nicht bei uns hat blicken lassen. Es ist eben so: Wo die Not zur Türe hereinkommt, fliegt die Liebe aus dem Fenster. Ich fürchte, dein Opa hat ihm einen Floh ins Ohr gesetzt. Womöglich will er jetzt doch heiraten. Dazu braucht er mich dann nicht. Oder er marschiert mit denen da. (*Blick zum Fenster.*) Dann kann er natürlich keine Zeit für uns haben. Wenn er nicht bald mal wieder auftaucht, werde ich ganz vergessen haben, ob er verknorüerlte Ohrläppchen hat. Wie sie sich anfühlen, weiß ich sowieso schon nicht mehr.

Draußen singt man das »Heckerlied«. Emilie legt ihr Arbeitszeug beiseite und schaut aus dem Fenster.

MARSCHIERENDE (*nicht sichtbar*)

> Wenn de Leide fragen:
> »Lebd dr Heggr noch?«,
> Könnd ihr ihne sagen:
> »Ja, er lebed noch!

Er hängd an koim Bom,
Er hängd an koim Schdrigg,
Er hängd an soim Traum
dr freie Rebublik!«

An den Darm dr Pfaffe
hängd den Edelmann.
Lassch ihn dro erschlaffe,
hängd ihn auf und dro.

Ja, dreiunddreißich Jahre
währd de Sauerei!
Wir sind koi Knechde,
wir sind alle frei!

*Schon während des Liedgebrülls entdeckt Emilie in einem Fenster des gegen-
überliegenden Hauses einen Mann. Sie grüßt ihn, und er scheint ihren Gruß
zu erwidern. Sie wendet sich kurz zu ihrer Stube um.*

EMILIE   Der Schauspieler!

*Sie dreht sich wieder zum Fenster und winkt dem Mann. Der scheint zu-
rückzuwinken, sie macht ihm bedeutungsvolle Zeichen, offensichtlich gibt er
daraufhin sein Einverständnis. Sie taucht zurück in ihr Zimmer.*

Er wird doch wohl nicht…?

*Sie blickt wieder aus dem Fenster hinüber, verrenkt sich schier den Hals und
wendet sich dann erneut um.*

Er ist nicht mehr in seiner Stube. Ich weiß, das will
nichts heißen. Er könnte aufs stille Örtchen gegangen

sein oder die Zeitung holen. Aber warum sollte er das tun, ausgerechnet jetzt, da wir uns gewunken haben? Er könnte also auch… Das wäre sogar viel wahrscheinlicher … O Gott, o Gott!

Sie hastet in ihrer Stube einher und beräumt sie, so gut es in der Eile geht, von den umherliegenden Beweisen ihrer Näharbeit. Es klopft. Ein Mann tritt ein, ohne eine Erlaubnis abgewartet zu haben. Es ist der Schauspieler Friedrich Frick, der mit seiner Theatertruppe in Marbach gastiert und zufällig Emilie vis-à-vis logiert.

EMILIE   Friedrich!

FRICK   Sie sollen Fritz sagen! Wissen Sie's nicht mehr?

EMILIE   Doch, Entschuldigung. Hatte ich Sie herein gebeten?

FRICK   Ich lasse mich von einer Frau nicht bitten.

Er schleicht in großem Bogen um Emilie herum und mustert ihr Kleid.

EMILIE   Was haben Sie?

FRICK   Ihr Frauenzimmer seid doch verrückt mit Eurer Mode, vor allem mit diesen Hammelkeulenärmeln.

Man kommt an Euch gar nicht mehr richtig heran.

EMILIE   Das muss nicht immer von Nachteil sein.

FRICK   Wenn zwei von Euch gleichzeitig durch die Tür wollen, müssen sie eine Absprache treffen.

EMILIE   Wir sind gesellige Wesen und reden miteinander.

FRICK   Vor allem aber wird man Euch für den Niedergang der Musikkultur verantwortlich machen.

EMILIE   Warum?

FRICK   Weil Ihr nicht in der Lage seid, vierhändig Klavier zu spielen. (*Emilie lacht.*) Wie schafft man das, sich dermaßen aufzuplustern?

Emilie	Mit einem Fischbeingestell und viel Rosshaar.
Frick	Und ich dachte, das läge in der Natur des Weibs. (*Die beiden stehen unschlüssig.*) Wollen Sie mir nicht Platz anbieten? Das würde die Peinlichkeit ein wenig schmälern.
EMILIE	Aber ja. Entschuldigen Sie!
FRICK	Und entschuldigen Sie sich nicht immer, das macht Sie klein.
EMILIE	Ich weiß auch nicht. Mir ist, als hätte ich alles verlernt. (*Frick hält zielgerichtet auf das Kanapee zu.*) Nein, bitte hier. (*Sie geleitet ihn auf einen der Stühle.*)
FRICK	Warum nicht dort? Wo mein Fiedle landet, ist doch furzwurscht, er ist nicht aus chinesischem Porzellan.
EMILIE	O nein. Es muss seine Richtigkeit haben. Das Kanapee ist ein Ruhemöbel. Mehr zum Liegen als zum Sitzen. Für den Mittagsschlaf. Aber Mittag ist vorbei.
FRICK	Reine Festlegungssache. Wenn wir sagen, es ist Mittag, dann ist Mittag. (*Er rückt seinen Stuhl noch näher.*)
EMILIE	Darf man das?
FRICK	Am Theater darf man alles.
EMILIE	Auch lügen?
FRICK	Ich lüge nicht, ich imaginiere.
EMILIE	Das klingt unanständig.
FRICK	(*Er rückt seinen Stuhl so nahe, dass er den Emilies berührt.*) Manchmal ist es das auch.
EMILIE	Wie macht man das — imaginieren?
FRICK	Man orientiert sich an einem Gegenstand, zum Beispiel einem Kanapee, und versetzt sich in eine Situation, die mit ihm aufs engste verknüpft ist, zum Beispiel die Mittagsruhe, und dann tut man so, als wäre jetzt, gerade in diesem Moment, Mittag, und das Kanapee lüde zur Ruhe. Das ist dann die Mimesis. (*Er zieht Emilie aufs Kanapee.*)

| EMILIE | Eine praktische Angelegenheit, diese Mimesis. Man hat immer genau das, was man gerade braucht. |
| FRICK | Ich müsste sie erfinden, die Mimesis, wenn es sie nicht gäbe. |

Die beiden liebkosen einander. Von der Straße wieder das »Heckerlied«:

> Schmierd de Guillodine
> mid Tyrannenfedd,
> Reißd de Konkubine
> aus vom Pfaffe Bedd!
> Ja, dreiunddreißich Jahre
> währd de Sauerei!
> Wir sind koi Knechde,
> wir sind alle frei!
>
> Fürschdenblud muss fließe,
> fließe schdiefeldigg!
> Und daraus erschbrießd
> die freie Rebublik.
> Hunderddausend Jahre
> währd de Knechdschafd scho.
> Niedr mid den Hunde
> vo dr Reakzion!

Emilie zieht sich von Frick zurück.

FRICK	Ängstigt Sie das?
EMILIE	Ein bissle.
FRICK	Schreihälse, weiter nichts. Wichtigtuer. Der König hat einen ihrer Anführer, den Römer Friedrich, in die Re--gierung berufen, das wird ihnen den Wind aus den Se-

geln nehmen, den Spinnern. Ich frage mich, was die überhaupt noch herum krakeelen. Die Pressegesetze von vor dreißig Jahren, die liberalen, sind wieder in Kraft — was denn noch?! Wilhelm der Erste ist mittlerweile so was wie ein Präsident mit Erbberechtigung. Auf der einen wie auf der anderen Seite lauter zahnlose Tiger. Der Spuk ist bald vorbei. Nein, Sie brauchen sich nicht zu ängstigen. Ich drücke Sie fest, dann ist alles gut. (*Tut es.*)

Plötzlich wird die Tür aufgerissen. Wilhelm steht in der Stube, umgürtet mit einer schwarzrotgoldenen Schärpe und bedeckt mit einem schirmbewehrten Käppi. Er hat einen Säbel umgeschnallt und zwei Pistolen im Gürtel stecken. Wilhelm geht auf Frick, der aufgesprungen ist, los.

WILHELM I heng dr dei Kreiz aus, no kohsch dein Arsch en dr Schleng hoimdraaga!

Die beiden kämpfen miteinander. Wilhelm stößt den Widersacher von sich, und will sich Emilie an den Hals werfen, die ihrerseits ihn wegstößt.

EMILIE Warum hörst du auf?

WILHELM Was?

EMILIE Hau ihm eine in die Fresse!

FRICK Waaas?

EMILIE Er soll Ihnen eine in die Fresse hauen.

FRICK Sie sind mir vielleicht ein Scheuraburzler.

EMILIE In die Fresse! In die Fresse!

FRICK Dazu ist er doch viel zu feige, der Lecksfiedle.

WILHELM Ich hab ihm doch gerade den Ranzen vollgehauen, warum denn nun noch mal?

EMILIE Weil ich will, dass du dich für mich stark machst.

WILHELM	Mit den Fäusten?
EMILIE	Bist du ein Mann oder nicht?
WILHELM	Muss ich das mit meinen Fäusten beweisen?
EMILIE	Für dein Vaterland tust du's doch auch!
WILHELM	Mein Vaterland braucht mich, du nicht.
FRICK	Wär's umgekehrt nicht besser? Wenn ich dem da eine in die Fresse haue?
EMILIE	Unterstehen Sie sich!
FRICK	Warum denn nun plötzlich das?
EMILIE	Darum.
FRICK	Kapiere einer die Weiber! (*Wilhelm zieht gleichzeitig beide Pistolen und zielt auf den Widersacher.*) Das ist unfair.
WILHELM	Im Krieg ist jedes Mittel erlaubt.
FRICK	Die sind doch nicht etwa geladen?
WILHELM	Beide. Und den Säbel hab ich auch noch.
FRICK	(*zu Emilie*) Sehen Sie's nun? Sehen Sie, was das für ein Feigling ist?
EMILIE	Halten Sie doch um Gottes Willen Ihren Mund, sonst passiert ein Unglück! Diese verfluchte Revolution bringt sie alle um den Verstand. (*zu Wilhelm*) Wenn dir noch ein bisschen an mir liegt: Steck das weg!
WILHELM	(*Er steckt die Pistolen wieder hinter den Gürtel.*) Warum macht ihr das? (*Er zeigt aufs Kanapee.*)
FRICK	Ich denke, du willst sie nicht heiraten?
WILHELM	Ist das etwa ein Freibrief?
FRICK	Du warst nie da. Da kommt man doch auf einschlägige Gedanken.
WILHELM	Und warum war ich nie da? Kommt man auf den Gedanken auch?
FRICK	Wahrscheinlich, weil du dich in Konstanz herumgedrückt hast, um andächtig deinem Priester Hecker zu lauschen, wie er die Republik ausruft.

WILHELM	Des isch währle wohr.
FRICK	Ha! Und gleich danach seid Ihr mächtig verdroschen worden samt Eurer Freischärler.
EMILIE	Verdroschen?
FRICK	Von den Truppen des Deutschen Bundes.
EMILIE	Für so was geht der ins Ausland. Aber wenn ich mal über Land will, führt kein Weg rein.
WILHELM	I hab's gwusschd. Du bisch a Breesalesglaubr.
EMILIE	Ach, Wilhelm, und du bist so furchtbar abgelebt. Du hast so wenig Eschbrid, anders als Fritz. Vom Suk- sesch ganz zu schweigen.
WILHELM	Das ist so was von ungerecht! Ich tue wirklich mein Bestes. In allem. (*Frick lacht.*) Dafür, dass der Verdienst der Goldarbeiter dermaßen runtergekommen ist, kann ich nichts. Das ist schon wahr, ich bin kaum noch in der Lage, mich im Geschäft zu halten. Aber daran sind Leute wie die vom Schlage deines Possen- reißers nicht ganz unschuldig. Wir aben jetzt einen Jahrmarkt um den anderen. Da kriechen diese The- aterwanzen aus ihren Löchern und haben alle mögli- chen Aussteller im Gefolge, auch Juweliere und Gold- arbeiter, und für uns Einheimische bleibt nichts zu verdienen übrig. Nicht zu vergessen die Eisenbahn. Glaubst du, so was erheitert das Gemüt? (*Frick ahmt das Geräusch einer Dampflokomotive nach.*) Bleedr Seggl,!
EMILIE	Immer die anderen. Nie du!
WILHELM	So ist es aber nun mal.
EMILIE	Ich werde mit Fritz gehen, dass du's weißt! Ich werde Theater spielen. Ich werde imaginieren.
FRICK	Nun plötzlich doch?
EMILIE	Hab' ich je was anderes behauptet? (*Schweigen. Nach einer Weile rappelt sich Wilhelm resigniert hoch und schleicht*

sich.) Ich sage doch: Der erste Schnitt kostet immer Überwindung. Wenn der erste Schnitt getan ist, geht alles andere wie von selbst. Aber der erste muss erst einmal gewagt werden.

Blackout.

III. Bild

1849, kurz nach dem 23. Juli. Katholisches Hospital von Ludwigsburg. Emilie, Krankenschwester. Später Wilhelm.

Ein Bett, darin Emilie. Neben ihr ein Nachtschränkchen mit Nierenschale, Spritze und einem Teller voller Essensreste. An der sonst kahlen Wand ein Kruzifix. Kerzen. Emilie hat ein weiteres Kind zur Welt gebracht. Eine Hospitalschwester tritt herzu, ein Bündel mit dem Neugeborenen im Arm, das sie der Wöchnerin ins Bett legt. Von ferne Glockengeläut.

SCHWESTER Die Festung Rastatt ist gefallen. Drei Wochen Belagerung hat's gebraucht. Jetzt ist die provisorische Regierung perdu, diese republikanische.

EMILIE Das war sowieso klar. Das mit der Revolution in Baden konnte nicht klappen.

SCHWESTER Das tät mich interessieren.

EMILIE Weil, als sie anfing, abends um sieben Uhr, der Himmel über Mannheim gegen Norden bis in das halbe Firmament von einem so roten Licht beschienen war, als wenn ein großer Brand außerhalb der Stadt sei. Es gab sogar Feueralarm, bis man erkannte, dass es ein Nordlicht war, und ein Nordlicht ist immer ein schlechtes Vorzeichen.

SCHWESTER	Da wird wohl unser Nachbar, der Herr Großherzog Leopold, schon bald aus Koblenz zurückkehren.
EMILIE	Und die anderen Männer auch?
SCHWESTER	Neunzehn Aufständische hat man füsiliert, manche sagen dreiundzwanzig. (*Emilie erschrickt.*) Das Werk der Saupreußen.
EMILIE	War ein Schauspieler dabei?
SCHWESTER	Davon hab ich nichts gehört.
EMILIE	Womöglich ein Goldarbeiter?
SCHWESTER	Ich weiß nur von einem Uhrmacher aus Wiesbaden, Obrist der Flüchtlingslegion. (*Emilie atmet auf. Die Schwester sieht den Teller mit den Essensresten und nimmt ihn mit spitzen Fingern auf.*) Wir hatten wohl wieder mal keinen Appetit? Ist es wegen des Kindsvaers? Warum lässt er sich nicht blicken?
EMILIE	Ich scheine einen besonders feinen Nerv zu haben für Männer, die sich ab einem gewissen Zeitpunkt nicht mehr blicken lassen.
SCHWESTER	Über wie viele von der Sorte verfügen wir denn?
EMILIE	Zu viele, um glücklich zu sein, zu wenige, um davon leben zu können.
SCHWESTER	Die Stadtdirektion muss den Vater des Kindes genannt bekommen. (*Sie legt ein Formular und Schreibzeug auf das Nachtschränkchen.*) Wir geben dann dem Mann, der sich nicht blicken lässt, Bescheid. Am besten, Sie erledigen das gleich.

Emilie zögert. Dann schreibt sie. Die Schwester nimmt das Formular.

SCHWESTER	Dengler, Wilhelm? Hier aus der Stadt, sieh mal an. Der ist neu in unsrer Sammlung. Ich schicke gleich jemanden los. (*Sie geht ab.*)

EMILIE: (*zum Kind*) O weh, das wird was geben! Den Frick kann ich nicht haftbar machen. Wer weiß, wo der sich gerade schwidisiert. Nicht mal, ob er eine Neue hat, weiß ich. Er würde dir gefallen. War 'ne verrückte Zeit mit dem! Fritz und Emilie, das Traumpaar der Bühne. Das Publikum ganz närrisch. Mit den Füßen getrampelt hat's vor Begeisterung bei unseren Liebesszenen.

Emilie spielt ihrem Neugeborenen eine Szene von Nestroy vor, wobei sie, um die Figuren darzustellen, fortwährend von einer Position auf die andere wechselt und Stimme und Haltung verändert, vielleicht auch ein Accessoire an der Kleidung. Die Regieanweisungen spricht sie laut mit, alles in einem bemerkenswert ungekonnten Wiener Dialekt.

EMILIE   …ALS THEKLA:

Ich spiele jetzt die Thekla. Sie sagt: Also G'sellschaft is hier? — Dann kann ich nicht bleiben — Heiterkeit und Schmerz tun nicht gut unter einem Dach, es muss eins das andere verletzen. — Ich hab' zwar versprochen — ich wird' mich morgen entschuldigen, aber fort muss ich!

»Sie will zur Mitte abgehen, aber…«

…ALS GIGL:

»Gigl kommt traurig aus der Seitentüre rechts mit einer Kaffeemühle im Arm.«

Jetzt spiele ich den Gigle: Ich halt's nicht aus bei die Mädln, mir g'schicht leichter, wenn ich allein bin!

…ALS THEKLA:

»Sie erblickt den Gigl.«

Seh' ich recht -!?

…ALS GIGL:

Thekla!

»Er lässt die Kaffeemühle fallen, dass die Kaffeebohnen herum-
rollen.«

Da hab'n wir den Kaffee!

…ALS THEKLA:

Sie sind hier?

…ALS GIGL:

Und Sie sind da?

…ALS THEKLA:

Nicht mit Willen, meine Nachbarinnen haben mich
völlig gezwungen!

…ALS GIGL:

Nachbarinnen —? Triumph, jetzt hab' ich so viel als
die Adress'!

…ALS THEKLA:

Was kann Ihnen das helfen? Sie haben eine Braut —

…ALS GIGL:

Ich habe keine mehr, ich hab' sie feierlich verschmäht!

…ALS THEKLA:

Dann werden Sie gewiss unter den vielen Mädln hier
eine nach Ihrem Sinn finden!

…ALS GIGL:

Glauben Sie, ich bin wegen die Mädln da? Mein Freund
hat mich hergezaxelt, dass ich mich zerstreuen soll. Ich
kann mich aber nicht zerstreuen; sein Sie versichert,
ich hab' hier nichts getan als Kaffee g'rieben, das is
doch g'wiss eine unschuldige Sach'! Thekla, ich bin
jetzt frei, bin unabhängig, hab' Geld, Sie müssen mich
heiraten, es kann kein Hindernis mehr sein! —

…ALS THEKLA:

O ja, es ist eines!

…ALS GIGL:

Sie müssten nur einen heimlichen Mann haben, von dem ich nix weiß — Thekla, reden Sie!

...ALS THEKLA:

Sie verdienen mein Vertrauen, so will ich Ihnen also offen alles sagen —

Plötzlich steht Wilhelm im Zimmer.

WILHELM   Da bin ich aber gespannt! (*Emilie erschrickt.*) Störe ich?

EMILIE   Was für eine Überraschung!

WILHELM   Die Überraschung ist ganz auf meiner Seite. Du hast mich als Vater deines Kindes angegeben? Also — was hast du mir »offen« zu sagen? (*Die beiden gehen aufeinander zu. Emilie will Wilhelm die Hand reichen. Der hält es nicht aus, umfasst Emilie und drückt sie fest an sich.*) Mai Godd, was han i in dem ledzda Joahr glidda. Wie a Hund. I han scho agfanga zu jaula wie a Hund, schdadd dess i schbrach wie oi oigbürgerdr Handwerkr. Jedzd hon i mai menschliche Schbrache wiedr.

EMILIE   Ich merk's. (*Sie löst sich von ihm.*)

WILHELM   (*entdeckt das Kind*) Isch's des?

EMILIE   Was glaubst du denn.

WILHELM   Junge oder Mädchen?

EMILIE   Stört's dich gar nicht, dass es nicht von dir ist?

WILHELM   Wieso? Isch's krank? Es gibd koin Muggs vo sich ...

EMILIE   Hörst du mir nicht zu?

WILHELM   Doch, doch – a Kärle.

EMILIE   Wirst du die Vaterschaft anerkennen?

WILHELM   Du verlangschd ziemlich vil, ond des verdammd hinne.

EMILIE   Wirst du?

WILHELM   (*Nach einem Zögern.*) Wenn ich nur dich habe! Du bleibst doch bei mir? Nicht bei dem Hanswurst vom Theater?

EMILIE	Fragst du das endlich. Mit dem ist's aus und vorbei.
WILHELM	Wie ist es gekommen?
EMILIE	Der Prinzipal duldete keine Liaison. So was wäre nicht förderlich für die Moral der Truppe. Eifersucht, Neid, und so weiter. Solche wie wir verschössen ihr Pulver im wirklichen Leben und hätten dann später auf der Bühne keins mehr übrig. Auch die Stücke selbst litten, wegen der Imagination. Eine Liebesszene müsse gespielt werden und nicht gelebt, sonst wirke sie peinlich. Er feuerte Frick und erreichte sogar, dass er der Stadt verwiesen wurde. Von einem Tag auf den nächsten war er fort, und ich saß da mit meinem dicken Bauch. An Theaterspielen war so und so nicht länger zu denken.
WILHELM	Vermisst du ihn?
EMILIE	Was willst du hören?
WILHELM	Die Wahrheit. Oder?
EMILIE	Um sechse des Morgens ward er gehenkt,
	Um sieben ward er ins Grab gesenkt;
	Sie aber schon um achte
	Trank roten Wein und lachte.
WILHELM	Das glaub ich dir nicht.
EMILIE	Warum fragst du dann?
WILHELM	Hast du mich vermisst?
EMILIE	Ach, Wilhelm…! Du lernst es nicht.
WILHELM	Hast du?
EMILIE	(seufzt) Erst dachte ich: nein. Das Weggehen war so einfach. In der Komödie bekam ich alles, wonach mich gedürstet hatte. Ich war fröhlich. Ja, so kann man sagen: fröhlich. Wie eine Nachtigall, die, wenn draußen der Frühling aufkommt, tiriliert und dabei vergisst, dass sie im Käfig sitzt.
WILHELM	Äll Furz vrzählsch mr an andera Scheiß!

EMILIE   Es ist aber wahr! Im Käfig. Doch plötzlich, aus heiterem Himmel, fühlte ich eine große Dankbarkeit dir gegenüber.

WILHELM   Des hedd di grad so agfloga?

EMILIE   Deinem Großmut hatte ich es zu verdanken, dass ich mein neues Leben führen durfte.

WILHELM   Das ist schräg. Wie kommst du drauf?

EMILIE   Du hättest den Frick erschießen können, damals in meinem Boudoir.

WILHELM   Das denkst du? (*Er nimmt sie wieder in den Arm, aber weniger überschwenglich.*) Jetzt wird alles gut.

Blackout

IV. Bild

Etwa im Februar 1850. Wilhelms Ludwigsburger Wohnung Wilhelm, Vater Dengler. Später Emilie und Gendarm. Dazu Flüstervolk.

Neu sind zwei Kinderbetten und ein Schaukelpferd. Die Werkstatt ist abgedunkelt. Wilhelm (in Nachtjacke, Schlafmütze und niedergetretenen Latschen) ist dabei, verlegenheitshalber an einem Puppenhaus zu basteln. Die schwarz-rotgoldene Schärpe und das Käppi hängen an der Wand. Vater Dengler, in Straßenkleidung, ist bei ihm. Eine Turmuhr schlägt Mitternacht.

WILHELM   (*singt leise*)
        Moi Deidschland schdregge de Gliedr
        ins alde Bedd, so warm und weich,
        Die Auge falle dir niedr,
        du schläfrigs deidschs Reich.

Hasch lang gschrie di heisr -
nun schenk dir Godd d' ewig Ruh!
Di schbidzd oi deidschr Kaisr
byramidalisch zu.

Oh Freiheid, die mir moin,
oh deidschr Kaisr, sei grüßd!
Wir hend au nedd oin
Zaunkönich oigebüßd.

VATER   Sei schdill! Du bringsch di um Kobf und Krage!
WILHELM   Willsch mi verbedza? (*Er singt umso lauter*)

Sie sind uns alle verbliabe.
Und als no dem Schdurm mir gzähld
die Häubdr unserr Liabe,
koi oizigs hedd fehld.

Deidschland nimmd nur de Hüde
de Könige ab, des genügd ihm schon;
dr Deidsche machd in Güde
die Revoluzion.

Die Professore reiße
nedd Aldar no Thro uns oi
au isch dr Schdoi dr Weise
koi deidsch Pflaschderschdoi.

VATER   Und mi und de ganze Familie bringsch gleich mid in
                   Teifelsküche!
WILHELM   Die Frage sind erledigd,
                   Die Pfaffe mache bim bam bum;

34

de Arme wird gbredigd
des Evangelium.

Fünfhunderd Narrenschelle
Ze Frankfurd schbiele de Melodie;
des Schiff schdreichd durch de Welle
dr deidsche Phandasie.

Eines der Kinder ist wach geworden und greint.

VATER	Na bidde, jetzadle hemmr dr Dreck! Was nu?
WILHELM	Wenn sich's doch zu Tode schrie!
VATER	Versündig di nedd!
WILHELM	Das hab ich doch längst. Lass! Ich mach das schon.
	(*Er geht, das Kind zu beruhigen.*)
VATER	Des isch ned Männersache. Wo dreibd sie si herum, doi Schnall, de sogenannde Muaddr?
WILHELM	Sie ist bei ihren Kundinnen wegen irgendwelcher Gewänder. Hoffentlich ist ihr nichts passiert. Sie war in letzter Zeit unpässlich. Eine Magenverstimmung.
VATER	Es isch Middernachd vorbei. Wenn sie bei jemandem isch, noh ganz gwiss nedd bei ihre Kundinne. Weißd du nix davo? Sie driffd si wiedr mid andere Kerle, in Schduddgard, hir kennd sie joo schon jedr.
WILHELM	Vater, bitte!
VATER	Weißd du nedd, was man übr doi…, was man übr diese Dam schbrichd? Nedd nur d' Schbadze bfeife s vo den Dächeret, de Dächr selbsch dünschde de Wahrheid aus.
WILHELM	Die Wahrheit?
VATER	Was sonsch? Ein oizelnr kann si irre, nedd abr oi ganze Bürgerschafd.

WILHELM	Was für eine Wahrheit?
VATER	Manche sage, sie näm Geld dafür.
WILHELM	Nenn mir die Nama, i batsche diese Grasdackela zu Brei!
VATER	Da häddeschd oin ganze Monad ze dun, jede Tag, jed Schdund.
WILHELM	Herrliche Ufgab! Der würd i mi mid Freid schdella.
VATER	Wenn d' andere abr doch im Rechd wäre?
WILHELM	Des uisch omeeglich!
VATER	Du bischd oi Esl im Gschirr oir Hure.
WILHELM	Du hast uns mit aller Gewalt zwingen wollen zu heiraten.
VATER	Jedzd hedd si dr Zeigr drehd. Jedzd wär's des Beschde, du würdesch di ganz von dene Perso befreie.
WILHELM	Und die Kinder?
VATER	Ich weiß nur vo oim.
WILHELM	Es ist was Lebiges, das eine wie das andere, und ich habe eine Verantwortung, für beide.
VATER	Merkschd nedd, dess au du zum Geschbödd dr Leide gworde bisch?
WILHELM	Älles Lug.
VATER	Wie viele Kunde hedddeschd im vergangene Monad? (*Wilhelm schweigt.*) Nun?
WILHELM	(*kleinlaut*) Was hat das damit zu tun?
VATER	Offensichdlich genügd s dir nedd, Schand übr unsere Familie gebrachd ze hend, du willsch sie au no in den Ruin dreibe. Des werd i verhindere, moi Liabr. Ich schdreiche dir jegliche Abanasch. Sehd zu, wie ihr ohne mi zurand kommd, abr i bleib aus allem drauße. Die neie Abred gild ab morge.

Der Vater ab. Wilhelm geht in die Werkstatt, wischt hier und da mit einem Lappen über die Geräte, aber es ist ersichtlich, dass er, wie offenbar schon seit

längerer Zeit, nichts zu arbeiten hat. Links und rechts der Bühne erklingen
(lautsprecherverstärkt) Flüsterstimmen unsichtbarer Personen.

FLÜSTERVOLK Sie isch übr Marbach und Eßlinge gange,
hedd si de Syfilis oigefange.
Triab si herum in Rege und Sonne,
kam no Hause, digg wie 'ne Tonne.
Im Hoschbidal vo dem chrischdlile Orde
Sind ihr de Haare gschore worde.
Vom Odenwald bis zum Kaiserschduhle
koi Bursche, den sie nedd nahm zum Buhle.
Schlief in den Feldern und schlief im Bordell,
schmore soll sie dafür in dr Höll'!
Lang schaffd sie's nimmr, ze sammeln den Same,
sie kriegd ihre Boi nemme z'samme.

Eine Turmuhr schlägt Eins.

WILHELM Ich hätte Schande über die Familie gebracht? Einen
Aufruhr nicht zu Ende zu bringen, das war keine
Schande. Gegen die Preußen zu kämpfen und zu un-
terliegen, das war keine Schande. Aber eine Frau zu
lieben, das soll eine Schande sein? Nur weil sie nicht
tut, was alle anderen Frauen tun? Mag sein, dass die
Leute über mich lachen. Die Leute sind schnell beim
Lachen. Sie fühlen sich dann besser. Aber sie sollten
das nicht tun. Es ist nicht gut. Es ist nicht gut, über
einen Mann zu lachen wegen seiner Frau. Es könnte
sein, der Mann hält das nicht aus.

Es klopft. Ein Gendarm tritt ein. Er führt Emilie am Arm. Sie ist stark
geschminkt, auffällig gekleidet und angetrunken.

GENDARM   Herr Dengler?

WILHELM   Der bin ich.

GENDARM   Diese Person sagt, sie gehöre hierher.

WILHELM   So, sagt sie das. Und wenn sie sich irrt?

GENDARM   Ich hoff's in ihrem Interesse, dass nicht.

WILHELM   In meinem oder in deren?

GENDARM   Machen Sie's mir nicht so schwer! Die vorgerückte Stunde hat Delikatesse und verlangt nach einer Verwandtschaft, einer gewissen. Andernfalls wär' sie eine Schtrawanzarin und ich müsste sie einbuchten.

WILHELM   Schon gut. Ob sie hierher gehört, weiß ich nicht, aber sie wohnt da.

EMILIE   Schnickschnack.

GENDARM   Wie?

EMILIE   Lällabäbbl.

GENDARM   (*irritiert*) Ich hab sie an einem der Tore aufgegriffen.

EMILIE   Ist das nicht verrückt? Eine Stadt, die ihre Mauer nicht zum Schutz gegen ihre Feinde baut, so wie andere, sondern weil sie verhindern will, dass ihr die Soldaten aus den Kasernen weglaufen! (*Sie lacht kurz.*)

WILHELM   Du bisch brezga im G'sicht.

EMILIE   Liebr iebr Nachd vrsumpfa, als em Sumpf iebrnachda.

GENDARM   Dann hat sich das erledigt?

WILHELM   Das müssen Sie wissen. Für mich nicht.

GENDARM   Das geht mich nichts an. Jedenfalls, was das Amt anbelangt, beim nächsten Mal gibt's eine Anzeige.

WILHELM   Dazu reicht's bei Euch gerade noch.

GENDARM   Gib Obachd!

Der Gendarm salutiert. Ab.

WILHELM   Von wo schleppt man dich an, mitten in der Nacht?

EMILIE	Ich hatte gedacht, du wärst schon zu Bett.
WILHELM	Das ist keine Antwort.
EMILIE	Ich finde schon. Wärst du zu Bett, könnte ich mich auch schlafen legen. Ich bin schlaff wie ein leerer Sack.
WILHELM	Das glaub' ich dir gerne.
EMILIE	Hailand, sagg, hascht du aber an Schlag drauf!
WILHELM	Gerade war mein Vater da. Er behauptet, man habe dich beobachtet, wie du in Stuttgart herumgestrichen bist, aber nicht bei deinen Kundinnen.
EMILIE	Herumgestrichen?
WILHELM	Wie eine rollige Katze.
EMILIE	Dass die Leute ihre Augen sonstwo haben, nur nicht auf den Röcken ihrer eigenen Gatten.
WILHELM	Stimmt's oder stimmt's nicht?
EMILIE	Was passiert, wenn ich sage, es stimmt nicht?
WILHELM	Meine Geduld ist am Ende.
EMILIE	Da hast du's!
WILHELM	Also doch!
EMILIE	Das in Stuttgart hat keine Bedeutung.
WILHELM	Für mich schon.
EMILIE	Wenn ich da mit Männern zusammen bin, dann nicht auf dieselbe Weise wie mit dir.
WILHELM	Wir waren schon seit Monaten nicht mehr zusammen.
EMILIE	Das meine ich nicht.
WILHELM	Was dann?
EMILIE	Mehr des Geischdig.
WILHELM	Machst du dich zu allem Überfluss auch noch lustig über mich?!
EMILIE	Ha no.
WILHELM	Das Geistige ist was für Bücherfresser. Ich bin keiner. Ich brauch' Fleisch.
EMILIE	Wir waren uns einig.

WILHELM	Worüber?
EMILIE	Dass du dein Leben lebst und ich meines. So hatten wir's abgemacht, noch als ich im Hospital lag.
WILHELM	Ich hatte mir gewünscht, ich müsse keinen Gebrauch davon machen. Der Frick war ja ganz offensichtlich weg vom Fenster, das ließ mich hoffen. Ich konnte nicht wissen, dass er gleich von einem stehenden Heer ersetzt wird.
EMILIE	(*Sie ergreift eine Ahle, die Wilhelm beim Puppenhausbau liegengelassen hat und hält sie wie eine Waffe.*) Du kannst mich nicht festhalten. Trotz allem nicht. Du nicht und sonst niemand. I bin wiedr en andre Umschdänd.
WILHELM	Sag', dass ich mich verhört hab'!
EMILIE	Das, was an dir am besten funktioniert, sind die Ohren.
WILHELM	Von wem ist der Balg?
EMILIE	Keine Ahnung.
Wilhelm	Von einem deiner Freier?
Emilie	Muss wohl so sein.
WILHELM	Ich bin von der Anwartschaft ausgenommen?
EMILIE	Du kannst doch rechnen, oder?
WILHELM	Ich nehme an, der Herr Begatter drückt sich.
EMILIE	Ich hätte es nicht besser formulieren können.
WILHELM	Bravo! Wie hast du dir das gedacht?
EMILIE	Was: „gedacht"?
WILHELM	Was soll mit dem Wurm werden? Wir können auf keinen Fall noch ein drittes Kind durchfüttern.
EMILIE	(*die Ahle im Anschlag und Wilhelm nachäffend*) Oder sollen wir's uns aus den Rippen schneiden?
WILHELM	Leg das hin!
EMILIE	Ich werd' das Kind wegmachen, sowieso. Da frag ich dich gar nicht. Ich kenn' eine Engelmacherin in Stuttgart.

WILHELM   Bisch du agsengd? Oi Engelmacherin?! Zu so einer gehst du nicht, gleich gar nicht in Stuttgart! Wenn dieses Weib sein Maul nicht hält, wie stehen wir dann da?

EMILIE   Ah, da ist sie wieder, die Ehr…

WILHELM   Ja, die Ehre! Reicht es nicht hin, dass ich keine Aufträge mehr bekomme? Das nämlich ist der tiefere Sinn der Ehre. Sie ernährt einen.

EMILIE   Dann zieh doch deine schwarzrotgoldene Schärpe über den Putz!

Wilhelm entreißt Emilie die Ahle und läuft in die Werkstatt. In einer der Schubladen seines Werkbretts kramt er nach Fläschchen und Schachteln, die sich sogleich als Behältnisse für Medikamente erweisen. Er schafft die Utensilien herbei und legt sie vor Emilie hin.

WILHELM   Nimm das! (*Emilie ist unschlüssig.*) Du sollst das runterschlucken!

EMILIE   Das mach ich nicht. Wo hast du das her? Wozu ist das gut? Du bist kein Arzt.

WILHELM   Die Engelmacherin auch nicht.

Er nimmt Emilie in den Schwitzkasten. Die beiden kämpfen miteinander. Wilhelm stopft Emilie eine Handvoll Tabletten in den Mund und schüttet aus einer Flasche eine Flüssigkeit hinterher. Emilie kann nicht verhindern, dass sie die Medikamente schluckt. Danach lässt Wilhelm von ihr ab. Beide hocken, auf den Tod erschöpft, am Boden. Nach einer Weile krampft Emilies Magen. Sie muss sich übergeben und stürzt hinaus in die Werkstatt.

EMILIE   (*zurückkehrend*) Du verfluchter Republikaner!

WILHELM   Zu so einer Frau gehst du mir nicht! Vorher bring' ich dich um!

EMILIE   Du machschd mir Angschd.

WILHELM   Es muss noch einen anderen Weg geben.

EMILIE   Verrat' ihn mir.

WILHELM   Mach es selbst.

EMILIE   Du bist nicht bei Trost!

WILHELM   Was bleibt uns denn sonst noch?

EMILIE   Ich bring des Kind auf d Weld und nehm s und ver-
            schdegge mi mid ihm, irgendwo in dr Wildnis, weid
            weg vo dr ganze Bagage, im diggschde Gebüsch.

WILHELM   Und ernährsch di und den Schreihals vo den Träne
            vom Himmels.

EMILIE   Siahsch, du findesch d Idee au brauchbar.

WILHELM   In wo Wildnis? Im Bobserwald?

EMILIE   Dann werd' i des Kind ebe ins Findlingshaus bringe.

WILHELM   Für fünfzich Gulde? Vo wem sai Geld?

EMILIE   Dann bind i d Nabelschnur nedd ab.

Wilhelm   Des soll klabbe?

Emilie   Herrgodd nomohl, noh mach doch selbr oin Vorschlag,
            der was daugd! Vielleichd erschdigge i des Kloi mid
            oim Kisse. Des isch nedd laud und nedd bludich.
            Wolle mir s so mache? Sag, dess mir s so mache wolle.
            Wenn du mi dafür nur in Ruhe lässch.

WILHELM   Wie könnt' ich dich je in Ruhe lassen?

Blackout

V. Bild

22. August 1850. Nacht. Ein Bahnsteig auf dem Ludwigsburger Bahnhof. Emilie, Wilhelm, Gendarm. Dazu Stimmen von Passagieren.

Bahnhof der erst sieben Jahre alten Staatsbahn. Das Geräusch einer Dampflokomotive. Pfeifen. Auf einem der Geleise ein Waggon, der hintere Teil des soeben eingefahrenen Zuges nach Esslingen. Aus den seitlichen Kulissen (Gasse) fernab eine Stimme.

EMILIE (*singt*)

Geling, gelang, der Bott isch krank.

Er lait im Feld un het kai Geld.

Geling, gelang, der Bott isch krank.

Er het e böser Zeh,

Er gumpet in de Stube rum

Un fangt e Hufe Fleh.

Wilhelm Dengler, in abgerissener Kleidung, schleicht sich mit einem Pappkarton unter dem Arm herbei, von dem sich vermuten lässt, dass darin das getötete Kind liegt. Er trägt sein Revolutionskäppi und zieht die störrische Emilie hinter sich her.

EMILIE Wohin führst du mich?

WILHELM Ans Ende der Welt.

EMILIE Was hast du vor?

WILHELM Ich bringe die Arbeit zu Ende, die du nur zur Hälfte gemacht hast. Immer hast du was angefangen und dann liegen lassen. Hast mich vor vollendete Tatsachen gestellt, und ich musste es dann ausbaden. Diesmal bist du mit von der Partie.

EMILIE Ich will das nicht!

WILHELM Was du willst oder nicht, darauf kommt's nicht an. Ist es jemals darauf angekommen, was ich will? Stünde ich hier, wenn es so wäre? Unser Wille, deiner und meiner, ist ein überflüssiges Anhängsel, wie der Blinddarm. Manchmal schmerzt er, um uns mitzuteilen, dass er noch da ist, aber mehr kann er nicht.

EMILIE I han Angschd!

WILHELM Das macht der Bahnhof. Das Ende der Welt. Ein Ort des Schreckens. Mit Dämonen, die sie Lokomotiven nennen. Da steht der Zug nach Esslingen. Der wird unser … der wird das da von hier wegbringen. Niemand, wenn er's unterwegs findet, wird wissen, woher es stammt, anders als wenn wir's hier vergraben hätten. Es gibt so viele Stationen. Und schnell wird es gehen. So schnell wie nichts sonst auf der Welt. Das ist der Fortschritt. Er hilft den Verbrechern.

EMILIE Was für Verbrechern?

WILHELM Uns.

EMILIE Aber ich habe es nur deinetwegen getan.

WILHELM Davon will ich nichts hören.

EMILIE Wenn es doch wahr ist.

WILHELM Das ist nicht wahr. So etwas habe ich nie verlangt.

EMILIE Und ob du es von mir verlangt hast.

WILHELM Seit kurzem erfindest du lauter Sachen. Dein armes bisschen Verstand hat offenbar den Herzstoß bekommen. Du bist mit einem Mal ganz anders. Beinahe erkenne ich dich nicht wieder.

EMILIE Ich bin nicht anders.

WILHELM Eine völlig fremde Person.

EMILIE Was sagst du da?

WILHELM Eine Wilde. Das bist du. Eine Wilde.

Er geht, um das Paket in dem Personenwaggon zu verstecken, unter den Sitzen der III. Klasse, die von außen gekennzeichnet sind. Eine Weile ist er deswegen nicht zu sehen. Emilie nutzt seine Abwesenheit, sich auf die Geleise vor die Lokomotive zu legen.

EMILIE   *(im Singsang)*
            Heile, heile Seegn,
            drei Dag Regn,
            drei Dag Schnee,
            morga duads scho nemme weh!

Wilhelm kehrt ohne Karton zurück und findet Emilie auf den Geleisen vor dem Zug.

WILHELM   Schbinnsch?

EMILIE   Ich bleib hier.

WILHELM   Komm raus da!

EMILIE   Wozu?

WILHELM   Du wirsch schderbe.

EMILIE   Es gibd Schlimmers, als z schderbe.

WILHELM   Es gibd nix Schlimmers.

EMILIE   Doch. In Ehre lebe. Willsch mi midnehme, damid mir
          in Ehre lebe?

WILHELM   Also, moidwege, noh bleib liege.

EMILIE   Auf oimol?

WILHELM   Weil s sowieso koin Sinn machd. Dr Zug bleibd hir
          schdehe übr Nachd. Da kannsch lang liege. Er fährd
          ersch morge in dr Frühe weidr.

Er reicht ihr die Hand, und während er Emilie aus dem Gleisbett hilft, ist ein Schrei zu vernehmen. Dann Stimmen aus der Richtung des Personenwaggons.

STIMMEN VON PASSAGIEREN (*aus dem Off*)

An gloiner Dergl.

Was hedd s noh?

Es isch dod!

Ganz weiß wie aus Marmor.

Man hedd s oifach hir abgelegd.

Des müsse mir melde.

Polizei!

Wo bleibd sie noh?

Immr, wenn man sie brauchd, isch sie nedd da.

Polizei! Hierhär!

EMILIE Wohr komme die? Ich denk, dr Zug fàhrd ersch morge ab? So siehd er also aus, doi berfeggdr Plan.

GENDARM (*noch aus dem Off*) Was gibt's denn schon wieder?

STIMMEN VON PASSAGIEREN

Na, endlich, oi Gendarm.

Sehe sie, hier: oi Naggebuddz.

GENDARM Was hat es denn?

STIMMEN VON PASSAGIEREN

Es isch dod!

Ganz weiß wie aus Marmor.

Man hedd s oifach hir abgelegd.

Wir dachde, des müsschde mir melde.

GENDARM Das haben Sie richtig gedacht. Dann woll'n wir mal sehn.

Emilie und Wilhelm wollen sich fortschleichen. Der Gendarm taucht mit dem Paket unter dem Arm hinter dem Personenwaggon auf.

GENDARM He, Sie da! Stehen bleiben!

Die beiden tun, wie ihnen befohlen.

GENDARM Ich brauche sie als Zeugen. (*Er lädt das Paket ab. Emilie droht, ohnmächtig zu werden. Er kramt Schreibzeug hervor.*) Wir kennen uns doch, oder?

WILHELM Wilhelm Dengler und Emilie Stadler aus Ludwigsburg und Marbach.

GENDARM Sind Sie nicht der, wo zu mir gesagt hat, dass es dazu bei mir gerade noch reicht, Weibsleut' anzuzeigen?

WILHELM So was merken die sich.

GENDARM Haben Sie irgendjemanden gesehen, der sich damit zu schaffen gemacht hat?

WILHELM Machen Sie Witze? Auf dem Bahnhof?

GENDARM Oder weglaufen? Außer sich selbst natürlich. (*Er lacht. Wilhelm schweigt.*) Können Sie wenigstens das Kind identifizieren? (*Er öffnet das Paket.*)

WILHELM Warum wir?

GENDARM Weil sie hier in der Gegend wohnen.

WILHELM Ganz ausgeschlossen!

GENDARM Woher wollen Sie das wissen? So schauen sie sich's doch erst einmal an! (*Emilie und Wilhelm weichen zurück. An die unsichtbaren Passagiere gewandt*) Und sie? Hat jemand von Ihnen zufällig jemanden gesehen, der das da abgelegt hat?

STIMMEN VON PASSAGIEREN

Niemand niemande.

Au nedd zufällig.

Wir sind blind vor Verzweiflung.

GENDARM Keine Exzesse! Also. Wir machen zuerst ein Protokoll. (*Er beginnt zu schreiben.*) Man sagt auch procés dazu. Wir müssen es verbal aufsetzen und danach unterschreiben. Sowieso, weil vorher geht es nicht. »Leichnam eines neugeborenen, nicht identifizierten Kindes weiblichen Geschlechts in einem Eisenbahnwagen

47

dritter Klasse von dem vorgestern, am 20. August, abends um halb neun Uhr hier angekommenen Bahnzuge. Der Körper ist in zwei grobe reustene, teilweise zerrissene Leinentücher und eine ebensolche alte Handzwehle eingewickelt und liegt in einem ungefähr anderthalb Fuß langen und einen halben Fuß breiten, mit zwei Bogen grauen, sogenannten endlosen Packpapiers umgebenen und mit einem Bindfaden kreuzweise umwundenen Paket. (*Emilie wankt.*) Bemerkenswerter Weise ist in dem Paket außer einigen ganz kurzen Trömchen Seide und Faden ein kleines dreieckiges Stückchen groben Zitzes auszumachen. Sein Untergrund ist weiß, auf demselben wechseln sich dunkelblaue und weiße, im Zickzack verlaufende, dreieinhalb Linien breite Streifen ab, in den einen weiße, in den anderen rote Blümchen. (*Er schüttelt den Kopf.*) Weiße und rote Blümchen. An dem Zuschnitt sind keine exakten Kanten festzustellen, vielmehr einzelne Ecken herausgeschnitten. Anhand dessen lässt sich vermuten, dass das Stück Stoff, mit dem das Kind eingewickelt ist, aus dem Arsenal einer Näherin stammen könnte.«

STIMMEN VON PASSAGIEREN

Einr Näherin.

Vo wo? Vo hir?

Sie bohrde dem Kind ins Herz

Ihre Schdobfnadel.

Emilie wird ohnmächtig. Wilhelm kann sie nicht halten.

GENDARM O ha! Seh' sich das einer an – eine Ohnmacht. Gerad' an *der* Stelle.

WILHELM   Kann man etwa vorher beim lieben Herrgott bestellen, zu welchem Zeitpunkt die Ohnmachten kommen sollen?

GENDARM   O, heilige Einfalt. Man kann! Nur fragt sich, zu welchem Zweck.

WILHELM   Sie hat nichts gegessen, das ist alles.

GENDARM   (*schnippisch*) Wird's bei mir dazu reichen, ihr zu helfen? (*Er bettet Emilies Kopf auf den Deckel des Leichenpakets.*)

WILHELM   Wir sollten nach Hause gehen. Sie braucht ein Bett.

GENDARM   No net hudla. (*Während er Emilies Fingerkuppen begutachtet:*) Was isch jedzd des? (*Er zeigt Emilies Hand hoch.*)

WILHELM   Ich verstehe nicht.

GENDARM   Die Einstiche. Überall.

WILHELM   Was soll das heißen?

GENDARM   Das Päggle mit dem Zitz, die Weibsperson mit den Näherinnenfingern, der Auffindeort gleich um die Ecke. Dass des fai glar isch!

WILHELM   (*bricht zusammen*) Und alles nur, weil sie's ihm zuletzt noch hat schön machen wollen.

GENDARM   Könndet Sie des oi bissle deidlichr vrgliggera? Fürs Protokoll?

WILHELM   (*Er lacht böse.*) Weil sie's ihm zuletzt noch hat schön machen wollen, dem Kind da, sag ich, mit dem Totenbettchen aus weichem Stoff und den weißen und roten Blümchen ...

GENDARM   (*Er fühlt Emilie den Puls.*) Jetzt kann ich die Weibsperson nicht einmal mehr verhaften. Wo bleibt da die Gerechtigkeit?

Wilhelm   Wenn nur immer diese Weiber nicht wären, man könnte die Welt viel besser in den Griff kriegen.

STIMMEN VON PASSAGIEREN (*singen*)

Unschoibar in de Wohnung vom Tods

Schreided hinübr d' Unmaßgebliche.
Niemand wird ihrr denke,
Niemand erkenne sie im Heer
Dr dunkle Scheddde.
Endbunde allr irdische Furchd,
Wird sie auf immr vom Elends endblößd soi
Wie au dr Liab.

Blackout. Ende

Anmerkungen:

Das Stück entstand nach einem authentischen Fall, über den am 16. Juli 2005 in der Ludwigsburger Kreiszeitung berichtet wurde. Die zugehörige Akte kann im Staatsarchiv Ludwigsburg unter der Signatur E 320 Bü 107-108 bestellt und eingesehen werden. Die Bearbeitung für die Bühne ist nicht identisch mit der Vorlage.

Der Bericht über die Zustände in Stuttgart im Frühjahr 1847 unter Verwendung von: Südwestrundfunk, SWR2 Wissen — Manuskriptdienst. Die alte Welt liegt hinter mir 1. Folge der Reihe: Heißersehntes Amerika. Auf den Spuren deutscher Auswanderer. Autor: Udo Zindel, Redaktion: Jürgen von Esenwein, Regie: Alexander Schuhmacher. Ursendung: Freitag, 15. Mai 1998, 8.30 - 9.00, S2 Kultur, SWR 2. Archiv-Nr.: 051-1796

Die Herkunft des Textes zum „Amerika-Lied" ist unbekannt. Die Melodie klässt sich folgender Quelle entnehmen: *http://www.volksliederarchiv.de.*

Nimm IHN, wenn ER von seinen anstrengenden Geschäften heimkehrt…, nach dem zeitgenössischen Lebenshilfebuch »Der Mensch im Umkreis seiner Pflichten«, Kapitel Hausfrau, zitiert nach Susanne Tölke, »Der Wäscheschrank ist der Bücherschrank der Frau«. Hausfrau im Biedermeier. Manuskript. Bayern2Radio 10./12. Mai 1999.

Das vorliegende »Heckerlied« ist nicht zu verwechseln mit dem »Guckkastenlied vom großen Hecker«. Sein Autor ist unbekannt. Es entstand nach der Vorlage eines älteren, weit verbreiteten Studentenliedes. Darüber hinaus gibt es etliche Varianten dieses Liedes und weitere Heckerlieder.

»Um sechse des Morgens ward er gehenkt …« aus dem Gedicht »Ein Weib« von Heinrich Heine, zuerst gedruckt am 4. Februar 1832, später in »Neue Gedichte«, Abteilung »Romanzen«.

Der Ausschnitt aus dem Nestroy-Stück stammt aus »Das Mädl aus der Vorstadt oder Ehrlich währt am längsten«. Posse in drei Akten, 2. Akt, Vierzehnte Szene. Erstaufführung am 24. November 1841

Den Text zum Lied »Mein Deutschland strecke die Glieder« verfasste Georg Herwegh, gesungen wurde er seinerzeit auf die Melodie von »Es war ein König in Thule«, Karl Friedrich Zelter, 1812

»Dein armes bisschen Verstand …« ist eine Referenz an Heinrich Leopold Wagner, Die Kindermörderin. Ein Trauerspiel (1776), V. Akt.
reusten = übrig geblieben, restlich
Zwehle = westmitteldeutsch für Tisch- bzw. Handtuch
Trömchen = ein bisschen
Zitz = ein feines, bemaltes Baumwollzeug, auch Zitzkattun genannt

»O ha! Seh' sich das einer an – eine Ohnmacht …« ist eine weitere Referenz an Heinrich Leopold Wagner, s. o.

Die Elegie am Schluss frei nach einem Lied von Sappho von Mytilene und einem Spruch aus dem Tibetanisches Totenbuch.

Doris Claudia Mandel

Des Bäckers Fluch

Opera buffa nach zwei Erzählungen von Haruki Murakami
»Der Bäckereiüberfall« und »Der zweite Bäckereiüberfall«
(in der deutschen Übersetzung von Jürgen Stalph)
Libretto

PERSONEN

FRAU (Ehefrau des Mannes und frühere Kundin beim Bäcker)

MANN (Gatte der Frau, früher Stadtstreicher, später Rechtsanwalt)

ZWEITER (Stadtstreicher, Kumpel des Mannes, später verschollen)

BÄCKER (identisch mit dem Filialleiter bei McDonut's)

KUNDIN (identisch mit der späteren Ehefrau des Mannes)

1. UND 2. POLIZIST (identisch mit dem schlafenden Paar)

BEDIENUNG bei McDonut's (ein junges Mädchen, idealerweise eine Tänzerin)

FILIALLEITER bei McDonut's (identisch mit dem Bäcker)

EIN SCHLAFENDES PÄRCHEN (identisch mit dem 1. und 2. Polizisten)

KLEINER CHOR (aus dem Off) (Kommentatoren — das Gewissen des Mannes, die Croissants in der Bäckerei, die Gäste bei McDonut's, der Krapfen)

ZEIT

Ende des 20./Beginn des 21. Jahrhunderts

ORTE

Wohnung des Mannes und der Frau, Bäckerladen, McDonalds-Restaurant, Stadtstraßen und Parkplätze

I. Akt

Ein frisch verheiratetes Ehepaar, sie ist Designerin, er Rechtsanwalt, trifft sich mitten in der Nacht vor dem Kühlschrank,
weil es, geplagt von einem unerklärlichen Heißhunger, wach
geworden ist. Die Frau, die ihren Mann einst in einer Bäckerei
kennengelernt hat, ohne zu wissen, dass er gerade dabei war,
dieselbe zu überfallen, lehnt den Vorschlag ihres Mannes, ein
Vierundzwanzig-Stunden-Restaurant aufzusuchen, ab, weil es
nicht richtig sei, nach Mitternacht noch etwas essen zu gehen.
Während sie sich fragt, ob ihr mysteriöser Heißhunger womöglich mit der Heirat zu tun hat, assoziiert ihr verstörter Mann
das Bild eines Vulkans auf dem Meeresgrund, über dessen Schlot
er in einem kleinen Boot auf klarem Wasser schaukelt, und
plötzlich überfällt ihn das Gefühl, als sei seine Magengrube eine
Höhle ohne Eingang und Ausgang. Bei dieser Gelegenheit erfährt
die Frau zum ersten Mal von der schier mystischen Bedeutung,
die der Hunger im Leben ihres Partners spielt und davon, wie er
einige Jahre früher zu einem Bäckereiüberfall geführt hat, den
ihr Mann gemeinsam mit einem obdachlosen Kumpel aus der
verkommenen Vorstadt beging.

II. Akt

Der Mann berichtet, wie er vor Jahren, als er ohne Arbeit und
Obdach war, gemeinsam mit einem Kumpel einen Laden überfiel,
um seinen übermächtigen Hunger zu stillen: Sie gerieten an einen
selbständigen Bäcker, der Sympathisant der Kommunisten war
und Wagnermusik aus dem Kassettenrecorder hörte. In der
Überzeugung, nur das Böse ändere die Welt und damit auch ihre
Lage, hatten sie sich mit Messern bewaffnet, doch warteten sie ab,
bis eine Kundin, die sich zwischen Melonenteilchen und Krapfen

lange nicht entscheiden konnte, den Verkaufsraum verließ. Zu diesem Zeitpunkt hatte sich der Mann bereits in die Kundin, die später seine Ehefrau werden würde, verliebt. Schließlich offenbarten sich die Räuber dem Bäcker, ohne ihn mit ihren Waffen anzugreifen. Statt die beiden der Polizei zu übergeben, forderte dieser sie auf, so viel Brot zu nehmen, wie sie tragen konnten, denn er brauche ihr Geld nicht. Die beiden fanden, eine solche Haltung passe nicht in ihr Konzept vom Bösen, und nach Almosen strebten sie gleich gar nicht. Der Vorschlag des Bäckers, sie ersatzweise für ihre geplante Tat zu verfluchen, wurde abgelehnt. Schließlich zwang er die verhinderten Räuber, im Austausch für das Brot Kompositionen von Richard Wagner anzuhören. Um den Schadenzauber zu umgehen, gehorchten die Eindringlinge.

III. Akt

In Kenntnis dessen, was seinerzeit geschah, glaubt die Frau daran, dass ihr Mann trotz allem vom Fluch des Bäckers getroffen und sein einstiger Kumpel ihm bereits zum Opfer gefallen ist. Sie ahnt, dass der Hunger dabei eine zentrale Rolle spielt. Offensichtlich ist der vermaledeite Fluch mittlerweile auch auf sie selbst übergegangen, denn unter einem solchen Hunger wie in dieser Nacht hat sie vor ihrer Heirat zu keiner Zeit gelitten. Um ihren Mann und sich von dem Fluch zu lösen, scheint es unumgänglich, Gleiches mit Gleichem zu vergelten und abermals eine Bäckerei zu überfallen. Zur Verwunderung ihres Mannes besitzt sie eine Schrotflinte und zwei präparierte Skimützen, die sie im Fond ihres Autos verstaut. Die beiden suchen, indem sie durch die Stadt fahren, eine Bäckerei, die spätnachts geöffnet hat. Da keine solche zur Hand ist, bedienen sie sich ersatzweise eines McDonut's-Lokals. Mit vorgehaltener Schrotflinte zwingen sie die Mitarbeiter, ihnen drei Mal dreißig Hamburger und zwei Colas auszuhändigen, letztere gegen Geld. Als die Morgendämmerung hereinbricht, ist der Hunger des Paares gestillt, ohne dass sie von den Brötchen hätten essen müssen. Die Frau schläft ein, während sich der Mann aus dem Boot lehnt und auf den imaginären Meeresgrund schaut, auf dem mit dem Hunger auch der Vulkan verschwunden ist. Nun brauchen die beiden nur noch zu warten, bis das Meer sie dorthin trägt, wohin sie gehören, ohne dass sie wüssten, wo das wäre.

I. Akt

Eine gutbürgerlich eingerichtete Wohnung mit avantgardistischem Zuschnitt. Es ist mitten in der Nacht. Der Mann ist vor Hunger aufgewacht. Er steckt in einem Pyjama und versucht erfolglos, den Kühlschrank, der ein exorbitantes aber unpraktisches Design aufweist, zu öffnen. Verschlafen tritt seine Frau herzu, die ein Negligé trägt.

FRAU   Was für ein Hunger! Mir bricht der Schweiß aus
         Und die Hände zittern.
         Das hat mich wach gemacht.

MANN   Frag' mich — seit Stunden schleich' ich schon
         Um den Schlaf.
         Meine Magengrube — eine Höhle ohne Pforten.
         Dazwischen
         Vakuum. Dasselbe Gefühl wie damals.

FRAU   Wie »damals«?

MANN   Wie damals.

FRAU   Mein Hunger ist wie die nackte Präsenz des Nichts.
         Noch nie ist mir Vergleichbares untergekommen.

MANN   Mir schon.

FRAU   Ich weiß: »damals«.

MANN   Als wir einander das erste Mal begegneten.

FRAU   In jener Bäckerei, in der es Melonenkuchen gab
         Und Krapfen, die eine Ansprache hielten ans Volk?

MANN   Hör auf! Mein Magen!

FRAU   Und Croissants, philosophierend
         Vom Prinzip des Bösen?

MANN   Zu dem Bäcker sind wir
         Wegen unsrer knurrenden Mägen.

FRAU   Direkt aus der Gosse, du und dein Kumpel,
         Das konnte man riechen,

Und dass Ihr Kohldampf schobt,

War an den Nasenspitzen Euch abzulesen.

MANN   Keine Arbeit hatten wir und kein Dach überm Kopf.

FRAU   Weil Ihr weder Arbeit haben wolltet,

Noch ein Dach überm Kopf.

MANN   Wir waren revolutionäre Verweigerer.

FRAU   Versager wart Ihr, Nieten erbärmliche.

MANN   In den Augen der Gesellschaft, dieser morbiden,

Die alles ausspuckt, was sie nicht verschlucken kann.

O! (*Er hält sich den krampfenden Magen.*)

FRAU   Du Ärmster! Akupressur beruhigt den Magen.

Drück eine Fingerkuppe in die Mulde

Zwischen Oberlippe und Nase,

Dort sitzt der Sättigungspunkt.

MANN   Toll aber auch, was du alles weißt! Die Ehe…

KLEINER CHOR

…Ist ein Mysterium.

MANN   (*Er akupressiert, wie ihm geheißen.*) Nichts!

FRAU   Das kommt, weil du jetzt mein Dach hast

Über deinem Kopf und Arbeit.

Wenn dich hungert, dann nimm dir zu Essen.

MANN   Das wollte ich eben, aber ich kriege

Dieses scheußliche Ding nicht geöffnet.

Du solltest, wenn du so was entwirfst,

Auch darauf achten, dass es nicht nur schön aussieht.

FRAU   Stell dich nicht so an!

Sie öffnet den Kühlschrank ohne Mühe. Ihr Mann lugt hinein.

MANN   Leer wie meine Geldbörse.

FRAU   Unmöglich.

MANN   Absolut nichts verfügbar.

FRAU	(*Sie sieht nach.*) Tatsächlich.
MANN	Warum glaubst du mir nie?
FRAU	Aber ich glaube dir doch. Nichts auf Lager,
	Absolut nichts. Zufrieden?
MANN	Was mach ich jetzt? In meinem Magen
	Klafft ein Loch wie in einem Doughnut.
FRAU	Wie wär's mit French Dressing?
	(*Sie langt in den Kühlschrank.*)
	Auch Bier gibt's noch, ein Sixpack. Zwiebeln.
MANN	Im Kühlschrank? Bemerkenswert!
FRAU	Mit 'ner Packung Klopapier kann ich dienen,
	»Dreilagig, feucht«.
MANN	Die brauch' ich nicht, wenn ich nichts zu essen habe.
FRAU	Ich werde mich schon noch daran gewöhnen.
MANN	An meinen Hunger?
FRAU	An den Rhythmus, wann ich was einkaufen muss.
	Nur nicht gleich nach zwei Wochen Ehe.
MANN	Wie lange gedenkst du zu warten?
FRAU	Auf keinen Fall, bis du vor Gericht deinen ersten Fall
	Gewinnst. Bis dahin wär'n wir krepiert.
MANN	Wir könnten uns wieder schlafen legen. So machen's
	Die Afrikaner. Sie schlafen den Hunger weg.
FRAU	Bei dem Lärm, den dein Magen macht?
	Am besten, ich dünste die Zwiebeln in Butter.
MANN	Zwei Stück?
FRAU	Dann trink das Bier. Das sättigt.
MANN	Morgen schon vor dem Aufstehen hab ich einen
	Klienten.
	Da mag ich weder nach Zwiebeln stinken,
	Noch nach Alkohol.
	Lass uns ins Auto steigen und ein Restaurant suchen,
	Dass rund um die Uhr geöffnet hat!

FRAU	Kommt gar nicht in Frage! Essen zu gehen
	Nach Mitternacht,
	Ist nicht korrekt.
MANN	Wo hast du das her?
FRAU	Es gehört sich nicht und man wird dick davon.
MANN	Aber Bier trinken um diese Zeit
	Wäre in Ordnung.

Schweigen. Der Mann blickt vom Sessel hinab auf den Fußboden.

FRAU	Woran denkst du?
MANN	Ich denke nicht. Mich plagt
	Eine Halluzination.
FRAU	Das kommt vom Hunger. Ist's schlimm?
MANN	In einem winzigen Boot sitzend, treibe ich
	Auf dem Meer dahin.
	Das Wasser ist so klar, dass ich mich
	Eines Vergleichbaren nicht entsinne.
	Unter mir der Gipfel eines Vulkans.
	Nicht bestimmbar der Abstand zwischen ihm
	Und dem Meeresspiegel,
	Doch scheint er nicht groß. Ich schaukele
	Direkt über der Mündung des Schlots.
	Jederzeit kann es ausbrechen,
	Das schlummernde Ungeheuer. Rums!
FRAU	Ich versteh', es ist schlimm. Seit wann hast du das?
MANN	Seit ich dir zuzustimmen gewillt war,
	Es sei nicht korrekt,
	Nach Mitternacht Essen zu gehen.
	Das würd' ich gerne mal analysieren lassen.
	Wie gesagt: Die Ehe…

KLEINER CHOR

   …Ist ein Mysterium.

DIE FRAU Erstaunlich, was so ein Hunger anrichtet.

   Dabei ist er nichts anderes als ein Reiz, ausgelöst

   Durch Neurotransmitter im Hypothalamus.

   Und trotzdem –

   Er wird mir unheimlich. Welche Bewandtnis

   Mag's mit ihm haben?

MANN (*Er öffnet nun doch eine Dose Bier.*) Ein Fluch

   Liegt darauf.

FRAU Du spinnst!

MANN Das kannst du mir endlich mal glauben.

   Verfolgen wird er mich bis an mein unseliges Ende,

   Falls nicht etwas geschieht, das ihn bannt.

FRAU Ein Fluch welcher Art?

MANN Ein Schadenszauber, heißt es.

   Ich trockne aus und sterbe,

   Oder ich fasse nirgendwo Fuß und verschwebe.

FRAU Gegen alles ist ein Kraut gewachsen.

   Den Schadenszauber löst ein Moos:

   Widerton geheißen — wider das Antun.

MANN Ich besitze es nicht, das ist das Manko.

   Und wenn ich's besäße, wer weiß, ob's hülfe.

   Hast du eine Ahnung, was damals geschah?

FRAU »Damals«, als wir einander begegneten?

   In jener Bäckerei, in der es Melonenkuchen gab

   Und Krapfen, die eine Ansprache hielten ans Volk?

MANN Und Croissants, philosophierend

   Vom Prinzip des Bösen.

FRAU Ich entsinne mich: Wir blickten einander

   Tief in die Augen

   Und verabredeten uns für den nächsten Tag,

Da lief im Kassettenrecorder Wagners »Walküre«,

Noch einen Tag später trafen wir uns wieder dort,

Während es »Siegfried« gab,

Und dann, als die »Götterdämmerung«

Fällig gewesen wäre, zogen wir

In eine gemeinsame Wohnung

Und ich besorgte dir frische Wäsche und Zahnpasta.

MANN   O ja, ich habe dir viel zu verdanken!

Doch das ist nicht der springende Punkt.

FRAU   Was sonst?

MANN   Es gab, ich gestehe, noch anderes.

FRAU   Wichtiger als unserer Liebe?

KLEINER CHOR (*Aus dem Off.*)

Manchmal ist die Liebe

Die anstrengendste Nebensache der Welt

Und das Ende vom Lied.

FRAU   Nun rück schon raus damit!

MANN   Ein Überfall. Daher der Fluch.

FRAU   Um Himmels Willen! Davon hast du mir

Noch nie erzählt.

MANN   Aus Scham.

FRAU   Weil du dich schwach zeigtest.

MANN   Weil nicht wir überfallen wurden,

Sondern weil wir wen überfielen,

Mein Kumpel und ich.

Den Bäcker.

FRAU   Das ist nicht wahr!

MANN   So wahr ich vor dir stehe.

FRAU   Was trieb euch an?

MANN   Der Hunger. Der war so heftig

Wie eben jetzt.

FRAU   Nun plagt dich, wie den Pawlowschen Hund,

Dein schlechtes Gewissen, sobald dein Magen knurrt.

Am liebsten würdest du ungeschehen machen,

Was du angerichtet hast.

MANN   Ich glaube nicht, dass das stimmt.

FRAU   Was dann?

MANN   Ich muss dir wohl die ganze Geschichte erzählen.

Sie begab sich wie folgt:

II. Akt
1. Szene

Einige Jahre zuvor. Ein Obdachlosenlager in der verkommenen Vorstadt. Der Mann (derselbe wie aus dem 1. Akt) und Der Zweite (Zweiter) tragen abgerissene Kleidung und lungern herum. Sie sitzen fröstelnd über einem Heizungsschacht. Rings um sie verstreut liegen geköpfte Sonnenblumen. Den beiden Männern knurren hörbar die Mägen. Zwischendurch kauen sie Sonnenblumenkerne, zum Schluss probieren sie sogar die Blätter.

MANN   Mein Magen ist ein Leck.

ZWEITER   Wie's Loch in 'nem Doughnut.

         (*Er kriegt eins auf die Mütze.*)

MANN   Erst war der Hungerast klitzeklein.

ZWEITER   Dann hat er sich ausgewachsen.

MANN   Jetzt ist mir, als hätt' ich verschluckt,

         Ein Vakuum, mehr noch, das ganze Weltall.

ZWEITER   Ist das Weltall 'n Vakuum?

KLEINER CHOR (*Aus dem Off.*)

         Alles außerhalb unser ist ein Vakuum

         Und zieht uns hinab.

ZWEITER   Unsereins fehlt die Kraft,

Sich gegen die Vakuums zu wehren.

(*Der Mann blinzelt ihn fragend an.*)

Na, gegen die Vakuums.

(*Der Mann blinzelt ungläubig.*)

Wegen dem Hunger, Mensch.

(*Der Mann blinzelt verzweifelt.*)

Stimmt's etwa nicht?

(*Er kriegt eins auf die Mütze. Später, während Der Mann auf den Heizungsschacht starrt:*)

Was hast du?

MANN   Ich treibe.

ZWEITER   Das ist kein Satz.

MANN   Du musst es wissen.

ZWEITER   Was ist es, das du treibst?

MANN   Ich tue nichts.

In einem winzigen Boot sitz' ich und treibe

Auf dem Meer dahin.

Das Wasser ist klar, dass ich mich

Eines Vergleichbaren nicht entsinne.

Unter mir der Gipfel eines Vulkans.

Nicht bestimmbar der Abstand zwischen ihm

Und dem Meeresspiegel,

Doch scheint der Vulkan nicht groß. Ich schaukele

Direkt über der Mündung seines Schlots.

Jederzeit könnte es ausbrechen,

Das Ungeheuer!

ZWEITER   (*Glotzt ebenfalls auf den Heizungsschacht.*)

Ich kann mir nicht helfen,

Ich seh' bloß 'n Heizungsschacht.

MANN   Du hast keine Fantasie.

ZWEITER   Du doch auch nicht.

MANN   Der Vulkan ist wohl nichts?

ZWEITER	Der Vulkan, mein Gott, ja. Sag mir lieber,
	Wie wir an Geld kommen!
	Das wär' Fantasie.
MANN	Vielleicht hast du Recht.
	Ich hab nicht den Krümel einer Idee.
	Mir fällt nichts ein, weil mein Magen knurrt,
	Oder knurrt mein Magen, weil mir nichts einfällt?
ZWEITER	Man müsste was arbeiten.
MANN	Du verblödest allmählich.
	(*Er gibt dem anderen eins auf die Mütze.*)
ZWEITER	Was hast du dagegen?
MANN	Was Prinzipielles. Und außerdem:
	Woher willst du sie nehmen, die Jobs?
ZWEITER	Es gibt keine, stimmt's?
MANN	Zum Glück.
ZWEITER	Wieso zum Glück?
MANN	Das ist das Prinzip des Bösen.
	Gott ist tot. Marx auch.
ZWEITER	John Lennon erst recht.
KLEINER CHOR	(*Aus dem Off.*)
	Mausetot.
MANN	Das Einzige, was lebt, ist das Böse.
	Es hat Großes mit uns vor.
	Das Böse will, dass wir hungern.
ZWEITER	Das ist nicht recht von ihm. Warum will es das?
MANN	Damit wir die Welt verändern.
ZWEITER	Wir? Nanu. Kriegen keine Arbeit,
	Aber ändern die Welt?
MANN	Nur Menschen, die hungern, sind fähig,
	Die Welt zu verändern.
	Die mit den satten Mägen
	Sind sie faul.

ZWEITER	Ich bin nicht satt und trotzdem faul.
	(*Er kriegt eins auf die Mütze.*)
	Darf ich was fragen?
MANN	Spuck's aus!
ZWEITER	Warum ist es das Böse,
	Das die Welt geändert haben will,
	Und nicht das Gute?
MANN	Hab' ich's nicht gerade erklärt?
ZWEITER	Mag sein.
	Beiderseitiges Schweigen. Grübeln.
	Dann will ich lieber nicht böse sein.
	(*Er kriegt eins auf die Mütze.*)
MANN	Dir bleibt gar nichts anderes übrig.
ZWEITER	Nicht?
MANN	Willst du's schriftlich?
	Schweigen.
ZWEITER	Was muss ich machen, um böse zu sein?
MANN	Einen Überfall!
ZWEITER	Das ist keine Arbeit?
MANN	Schon, aber nicht regulär.
ZWEITER	Und damit ändern wir die Welt?
MANN	Ein bisschen.
ZWEITER	Und danach werden wir satt sein und faul
	Und gut?
MANN	Nun werd nicht spitzfindig!
	Schweigen.
ZWEITER	Was wollen wir überfallen?
MANN	Eine Bäckerei, du Depp. Oder wo sonst
	Sollen wir was zu Essen besorgen?
	Schweigen.
ZWEITER	Womit werden wir die Bäckerei überfallen?
MANN	Damit!

(Er zieht zwei riesige Messer hervor. Eines davon
gibt er seinem Partner.)

ZWEITER Das sind unsere Sonnenblumenabhackmesser.

MANN Ja, und?

ZWEITER Die sind zum Sonnenblumenabhacken da,
Nicht zum Überfallen.

(Er kriegt eins auf die Mütze.)

MANN Wofür waren die V-2-Raketen, he?
Um auf den Mond zu fliegen?
Also, los nun!

Intermezzo.

Quasi Ballett (Pantomime). Die beiden lassen alles stehen und liegen und marschieren los, der Mann immer vorneweg. Sie gelangen in die Stadt zu mehreren Geschäften. Der Mann zeigt auf einen Bäckerladen, neben dessen Tür in roter Farbe die Insignien einer kommunistischen Partei hängen: Hammer, Zirkel und dergleichen. Sofort erstürmen sie den Verkaufsraum, aber weil sich dort eine Kundin aufhält (die spätere Ehefrau des Mannes), die eine exorbitant aber unpraktisch gestaltete Einkaufstasche unterm Arm hält, verstecken sie ihre Messer hinter den Rücken. Aus einem Kassettenrecorder hinter dem Tresen plärrt Wagnermusik. Auf der Theke steht ein Nagelknipser von so gigantischen Ausmaßen, dass man damit die Krallen eines Flugsauriers stutzen könnte.

2. Szene

KUNDIN O, Melonenkuchen!

BÄCKER Aus ganzen Früchten!

KUNDIN Mit Joghurt?

BÄCKER Selbstverständlich. Zwei Esslöffel auf ein Pfund Mehl.

KUNDIN Mir läuft das Wasser im Mund zusammen!

ZWEITER Mir im Gegenteil.

BÄCKER	Dazu ein Esslöffel Rum für die Soße.
ZWEITER	(sich vor Hunger krümmend) Ich halt's nicht mehr aus!
KUNDIN	Geben sie mir zwei Stück davon!
	Ach, lieber drei. Nein, besser zwei.
	Vielleicht doch vier?

Sie nimmt aufreizend langsam fünf auf ein Tablett.

ZWEITER	Das dauert. Komm, wir legen die Alte um!
MANN	Hübsch die Ruhe!
KUNDIN	Ist da nicht zu viel Zucker drin?
	(Sie legt die Kuchenstückchen zurück.)
	Ich muss auf meine Werte achten.
ZWEITER	Kurzen Prozess jetzt — ich niete sie um!
MANN	Beim Bäcker, gnädige Frau, ist vieles süß.
KUNDIN	Da haben Sie auch wieder Recht!

Sie lädt sich die fünf Kuchenstückchen zurück aufs Tablett.

MANN	Und manchmal nicht nur das Naschwerk …
KUNDIN	Vielleicht noch ein Krapfen?
	(Sie nimmt ihn, studiert die Konstellation.)
	Oje, das wird diplomatische Verwicklungen geben.
	Melonenstückchen und Krapfen
	Vertragen sich nicht miteinander.
	Eins von beiden werd' ich beiseitelegen müssen
	Im Interesse der friedlichen Koexistenz.
	Aber welches?
ZWEITER	Ich hab noch 'ne bessere Idee:
	Ich bringe m i c h um!
KUNDIN	Ich versuch's mit dem Krapfen.
	(Sie legt den Krapfen zurück und studiert die neue Konstellation.)

Wie's aussieht, fühlt er sich zurückgesetzt.

Hält er nicht soeben eine Schmährede ans Volk?

(*Zum Mann.*) Hören sie!

Schmährede des Krapfens an das Volk (*aus dem Off*)

Ihr, weil Ihr uns fresst,

glaubt Euch uns überlegen.

Aber das letzte Wort sprechen wir,

nachdem Ihr uns gefressen.

KUNDIN   (*Zum Krapfen.*) Er tut mir so leid! Ich sollte ihm wieder

Die gebührende Beachtung schenken.

(*Sie nimmt ihn zurück aufs Tablett.*)

MANN   Sie sind ein dankbares Volk. Ich bin gespannt,

Was Sie mit den restlichen Kuchenpolitikern anfangen.

ZWEITER   Den Croissants zum Beispiel.

Die klettern nämlich gerade aufs Podium.

(*Er kriegt vom Mann eins auf die Mütze.*)

MANN   Was machen die da?

KUNDIN   (*dolmetschend*) Sie reden Unsinn, der den des Krapfens

Bei weitem übertrifft.

MANN   Nämlich?

KUNDIN   Es geht um die Bedeutung des Bösen

Als einem präskriptiven Begriff.

MANN   Phänomenal!

KUNDIN   Man streitet, ob Spinoza im Recht sei, der meint,

Dass das, was die Selbstbehauptung des Einzelnen

Hemme,

Für den Betroffenen »Das Böse« sei.

ZWEITER   Wenn das so weitergeht, komm' ich nicht mehr dazu,

Jemanden umzulegen,

Weil ich schon vorher den Geist aufgebe.

MANN   Irre ich mich, oder folgt etwas nach?

KUNDIN   Ein Gleichnis auf die Relativität des Bösen.

KLEINER CHOR   (*Die Croissants aus dem Off.*)

Weil ihr Mann eine Stelle angenommen hatte

Weit weg in der Stadt,

Geschah's, dass eine Frau alleine zurückblieb

Mit ihrem Kind auf dieser Ranch in Arizona.

Da ward die Frau von einer Klapperschlange gebissen.

Um Hilfe rief die Frau, doch meilenweit im Umkreis

Nicht eine Menschenseele auf dieser Ranch in Arizona.

Ahnend, dass sie sterben würde und nach ihr das Kind,

Tötete sie erst das Kleine und dann sich selbst

auf dieser Ranch in Arizona.

ZWEITER   Spitzenidee. Genau das mach' ich jetzt mit uns,

Da ist einer nach dem andern dran, zuletzt ich!

BÄCKER   Zerschellt sind sämtliche Vereinfachungen

Der religiösen Dogmatik

An dem Felsen, den wir »Das Böse« nennen.

KUNDIN   Und Gott?

BÄCKER   Seine einzige Entschuldigung ist,

Dass er nicht existiert.

Die Frau nimmt, voller Respekt, auch noch von den Croissants. Sie bezahlt und macht Anstalten, den Kuchen in ihrer Designertasche zu verstauen.

MANN   Darf ich behilflich sein?

Er versucht, den Henkel der Tasche mit den Zähnen zu greifen, während er hinter dem Rücken weiterhin das Messer verbirgt.

KUNDIN   Das ist nett! Die Herren in den Nadelstreifen

Sind nicht so höflich. Sie tun zwar stets so,

Doch dann hauen sie einem die Tür
Vor der Nase zu.

*Sie reicht dem Mann ein Stück Kuchen. Der ignoriert es und starrt ihr wie
verzaubert in die Augen.*

BÄCKER   Sie können es bedenkenlos nehmen, es ist frisch.
KUNDIN   Seien Sie mein Vorschmeck
          Und fressen Sie mir aus der Hand!

*Sie streckt ihm wieder den Kuchen entgegen. Der Mann beißt genüsslich ab
und kaut mit vollem Mund, während sich sein Kumpel vor Hunger krümmt.
Die Frau geht ab.*

MANN   Dem Keulenschwingenpipra nicht unähnlich,
          Zwitschere ich mein Liebeslied mit den Flügeln.
          (*Er reibt seine Arme auf dem Rücken, so schnell es geht, gegen-
          einander.*)
          Welch Wesen, schwarzfarbenen und runden Aug's!
          Morgenstern, dessen Licht mein Herz erblüh'n lässt
          Wie eine Tulpe.
ZWEITER   (*Knufft ihn in die Lende.*) Hast du sie noch alle?
          (*Er zückt sein Messer.*)
MANN   (*Besinnt sich. Zum Bäcker:*)
          Pfoten hoch und keine Fisimatenten!
ZWEITER   Jawohl, keine Fisimatenten, du roter Kommunist!
BÄCKER   Bin kein Kommunist, bloß Sympathisant,
          Das müsst ihr doch merken.
ZWEITER   Woran?
BÄCKER   Na, an der Musik.
          (*Er zeigt auf den Recorder mit der Wagnermusik.*)
          Was wollt ihr von mir?

ZWEITER	Wir haben Hunger wie bekloppt.
BÄCKER	Dann kauft Euch was zu essen!
ZWEITER	Wir sind aber blank wie die Kirchenmäuse.
	Oder darf ich das nicht sagen
	Vor einem Kommunisten?
BÄCKER	Bin kein Kommunist, bloß Sympathisant!
MANN	Wie soll das gehen?
BÄCKER	Ist das wichtig?
MANN	Für unser Selbstverständnis als Räuber sehr wohl.
BÄCKER	Um meinen Absatz zu beschleunigen und dieserart
	Mit demselben Kapital in kürzerer Zeit denselben,
	Folglich in derselben Zeit einen größeren Profit
	Zu erzielen, seh' ich mich als der Kaufmann genötigt,
	Einen kleinen Teil meines Mehrwerts dem Käufer
	Zu schenken, also Euch.
	Mit einem Wort: Stopft Euch die Wänste voll,
	Bis Ihr platzt! Bezahlen braucht Ihr nicht
	Und auch die Messer sind überflüssig.
	So haben wir ale einen Gewinn.
MANN	Scheiße. Das ist nicht dein Ernst.
BÄCKER	Seh' ich aus, als ob ich Witze risse?
ZWEITER	Wir wollen nichts geschenkt.
	Wir wollen dich ausrauben.
BÄCKER	Das kann nicht funktionieren.
MANN	Wieso nicht?
BÄCKER	Aus Gründen der Logik.
ZWEITER	Jetzt fängt der auch noch an!
BÄCKER	In der Hand des Kapitals, also auch in der meinen,
	Wird die Ökonomisierung der gesellschaftlichen
	Produktionsmittel,
	Die erst im Fabriksystem treibhausmäßig gereift ist,
	Zugleich zum systematischen Raub

An den Lebensbedingungen des Arbeiters.

Nicht Ihr seid folglich die Räuber,

Vielmehr bin ich einer, der Unternehmer.

ZWEITER   Hä?

MANN   Moment. Das geht so nicht.

ZWEITER   Überhaupt nicht und sowieso!

(Fuchtelt dem Bäcker mit dem Messer vor der Nase herum.)

Wir führen Böses im Schilde,

Da können wir nicht einfach so Almosen annehmen.

Das wäre gegen unsere Ehre.

BÄCKER   Es sind keine Almosen.

Es ist, was Euch zusteht.

ZWEITER   Aber w i r   d e n k e n, es seien Almosen.

MANN   Hast du »seien« gesagt?

(Der Zweite wirft sich in die Brust.)

Der hohe Ton färbt ab.

BÄCKER   Machen wir's folgendermaßen:

Ihr esst Brot, soviel ihr wollt,

Und ich verfluche Ruch dafür.

Damit würden wir gleichermaßen dem Bösen gerecht.

ZWEITER   Verfluchen? Du uns? Wie zum Beispiel?

BÄCKER   Ich berühre Euch mit dem Lappen,

Der eine Leiche wusch, davon

Trocknet Ihr aus und kriegt das Reißen in den Gliedern,

So dass Ihr nicht Ruhe habt bei Tag und bei Nacht,

Bis Ihr sterbt. Oder

Ich such' auf einem Weg, den Ihr gegangen,

Die Spur Eures Schuhs und schneide sie aus der Erde,

Wonach Ihr jeden Halt verliert und nirgendwo

Fuß mehr fasst.

Bedrücktes Schweigen.

74

ZWEITER   Warum willst du das tun?

KLEINER CHOR (*Aus dem Off.*)

Das ist die Frucht des Bösen. Sie bringt Unglück.

BÄCKER   Wolltet Ihr das nicht?

MANN   Das Böse bringt kein Unglück.

Sondern Veränderung.

KLEINER CHOR

Manchmal ist die Veränderung ein Unglück,

du Besserwisser.

ZWEITER   Darfst du das überhaupt, als Kommunist?

Ist so ein Fluch nicht was Kirchliches?

BÄCKER   Nur, wenn ich einen Fluch-Psalm bete,

Rückwärts gelesen und hinter jedem Vers

Mit dem Namen des Feindes.

MANN   Das gefällt mir nicht.

ZWEITER   Mir auch nicht. Also los, räumen wir ihm

Die Regale leer und dann legen wir ihn um, und basta!

Oder wir legen ihn erst um und räumen ihm dann

Die Regale leer. Was ist besser?

BÄCKER   Umgebracht werden mag ich nicht.

MANN   Und wir nicht verflucht.

BÄCKER   Schade. Heut ist Donnerstag,

Der wäre zum Zaubern bestens geeignet.

MANN   Irgendeinen Tauschhandel brauchen wir,

Damit nicht alles umsonst war.

BÄCKER   Seht an, nicht nur zitatenfest ist er, sondern

Ein Praktiker ebenso. Was hat er zu bieten?

MANN   »Zu bieten«? Wie?

BÄCKER   Das ist der Sinn eines Tauschhandels.

Ich gebe dir etwas und bekomme dafür was anderes,

Das dem, was ich dir gab, im Wert gleicht.

Es vielleicht übetrifft, aber nie unterschreitet.

MANN   (*Blickt an seinem Körper herab.*) Ich habe nichts.

ZWEITER   (*Ebenso.*) Ich auch nicht.

KLEINER CHOR

       Nicht nur Waren haftet ein Tauschwert an,

       Auch Ideen, denn der Tauschwert ist nichts als die

                           Erscheinungsform

       Eines von ihm unterscheidbaren Gehalts, der nicht

                           körperlich ist.

ZWEITER   Ich glaub', ich bin in der Klapse.

BÄCKER   Da fällt mir was ein. Mögt ihr Wagner?

ZWEITER   Was ist das?

BÄCKER   Nicht »was«, mein Freund, sondern »wer«.

MANN   Ein Komponist, ein toter.

ZWEITER   Noch einer?

MANN   Nicht Kommunist.

       (*Der Zweite kriegt eins auf die Mütze.*)

       Kom–Po–Nist, du Trottel. Der da. Gefiedel.

       (*Er zeigt in Richtung des Kassettenrecorders.*)

BÄCKER   Mögt ihn, und ich gebe Euch Brot,

       So viel, wie Ihr wegschleppen könnt!

ZWEITER   Freddie Mercury wär' mir lieber.

Er trällert einen Queen-Titel und kriegt vom Mann eins auf die Mütze.

MANN   Ein seltsamer Tauschhandel.

       Mir ist nicht wohl dabei.

BÄCKER   Eure Einsicht gegen mein Brot,

       Das ist doch ganz einfach.

MANN   Welche Einsicht?

BÄCKER UND DER KLEINE CHOR

       In die Gewissheit, dass die Kunst

       Die Rolle der Religion übernehmen muss.

MANN	Spendet sie denn Trost?
BÄCKER	Tut es die Religion — letztendlich?
MANN	Er ist doch kein Kommunist.
ZWEITER	Vielleicht ein Nazilist?
	(*Er bekommt vom Mann eins auf die Mütze.*)
	Davon, dass du mir immer eins auf die Mütze gibst,
	Wird's nicht besser.
MANN	(*zum Bäcker*) Wir akzeptieren.
BÄCKER	Unter der Voraussetzung, das Ihr diese Musik
	Aufrichtig liebt, mit ganzer Seele.
	Solltet Ihr nur so tun, als ob,
	Seid Ihr trotzdem verflucht.
ZWEITER	Wie willst du das rauskriegen?
BÄCKER	Ihr selbst werdet spüren,
	Ob der Fluch Euch gefangen hält oder nicht.

Der Bäcker dreht den Lautstärkeregler des Radiorecorders bis auf Anschlag.
Wagnermusik. Die drei lauschen.

MANN	Also, ich mag das.
ZWEITER	Ich auch. Geiles Teil.

Die beiden legen ihre Messer beiseite und stopften sich mit Brot voll. Der
Bäcker nimmt die Messer und verleibt sie seinem Bestand ein.

BÄCKER	Der Ring des Nibelungen.
	Bühnenfestspiel für drei Tage und einen Vorabend.
ZWEITER	Der wievielte Tag ist heute?
BÄCKER	Noch nicht einmal der erste.
	Was Ihr da hört, ist der Vorabend: Rheingold.
ZWEITER	Dann bleiben noch drei? Ach, du Sch ... Schande.

BÄCKER	Mit ihrer Hände Arbeit erschaffen die Nibelungen
	Und im Schweiße ihres Angesichts
	Einen Schatz. Doch zum Lohn für die Plackerei
	Wird ihnen alles gestohlen, sogar ihre Seele.
ZWEITER	Da haben wir's!
BÄCKER	Samt ihrer Freiheit — all das geht ihnen flöten.
ZWEITER	Meine Rede!
BÄCKER	Unsereins hat dafür einen Begriff.
MANN	»Entfremdung«.
ZWEITER	Arschkriecher.
BÄCKER	Wisst Ihr, womit aus der Nibelungen Hort
	Der Ring belegt ist?
ZWEITER	Mit Gold?
BÄCKER	Mit einem Fluch!
ZWEITER	Ich krieg die Krätze!
BÄCKER	Ein jeder, der versucht, den Ring
	In seinen Besitz zu bringen, muss verderben.
ZWEITER	(*Zum Mann.*) Findest du nicht, dass es reicht?
MANN	Ich für mein Teil bin satt.
	Kein Vakuum mehr im Bauch. Und du?
ZWEITER	Lass uns abhauen!

Die beiden wollen sich verdrücken, aber der Bäcker hält sie zurück.

BÄCKER	Nicht so eilig! Morgen um dieselbe Zeit
	Am selben Ort. Dann lauschen wir, traulich vereint,
	Der »Walküre«.
ZWEITER	Übermorgen auch?
	(*Er kriegt vom Mann eins auf die Mütze.*)
BÄCKER	Da gibt es »Siegfried«.
ZWEITE	Wie viel von dem Schrott müssen wir ertragen?
	(*Er kriegt eins auf die Mütze.*)

78

MANN	Wie viel von diesen edlen Weisen haben wir die Ehre,
	Uns zu unserer Erbauung und Belehrung
	Zu Gemüte führen zu dürfen?
	(Endlich kriegt er vom Zweiten eins auf die Mütze.)
ZWEITER	Waisen?
MANN	Mit e-i!
BÄCKER	Den ganzen Wagner, sonst wirkt es nicht.
	Drei Mal dreißig Stunden.
	(Die beiden verhinderten Räuber taumeln.)
	Seid pünktlich!
KLEINER CHOR	
	Pünktlichkeit ist die Tugend der Räuber.

III. Akt
1. Szene

Zeit und Ort wie im 1. Akt. Das Ehepaar hat sich mittlerweile angekleidet.
Rings um den Mann stehen die leergetrunkenen Bierdosen.

FRAU	Jetzt seh' ich klar. Mein Heißhunger steht
	In direkter Beziehung zu unserer Heirat.
MANN	Die ist wohl schon jetzt an allem schuld?
FRAU	Der ominöse Fluch ist auf mich übergesprungen.
MANN	Wo soll der denn herkommen, so plötzlich?
FRAU	Gib zu, dass Ihr geschummelt habt seinerzeit.
	Ihr mochtet Wagnres Musik nicht.
MANN	Gelinde gesagt. Ich fand sie zum Kotzen.
	Drei Mal dreißig Stunden! Hätt' ich geahnt,
	Was mich erwartet, wär' ich lieber in den Knast.
FRAU	Eindeutig: der Fluch.
MANN	Dafür gibt's keine Beweise.

FRAU	Was zum Beispiel ist aus deinem Kumpel geworden,
	Dem treuen mit dem Hundeblick,
	Der genauso ekelhaft stank wie du?
MANN	Getrennt haben wir uns.
FRAU	Aus freiem Willen?
MANN	Alles begann damit, dass er eines Tages lästerte,
	Du habest den bösen Blick. Danach diskutierten
	wir Nächte lang
	Über die Wechselwirkung von Wagner und Brötchen.
	Nicht einig wurden wir uns darüber, ob unsre
	Entscheidung,
	Die Messer nicht zu gebrauchen, die richtige
	gewesen war.
	Wir fürchteten, uns wäre ein bedeutsamer Fehler
	unterlaufen.
	Obwohl wir nicht begriffen, was für einer das hätte
	gewesen sein können,
	Warf er doch einen Schlagschatten auf unsere
	Freundschaft.
FRAU	Wie ich sagte: der Fluch!
	Wie sonst willst du dir den Zwang erklären, den du
	plötzlich verspürtest,
	Wieder zur Arbeit gehen zu müssen, zur Uni erst, jetzt
	in die Kanzlei,
	Um dann doch nirgendwo Fuß zu fassen und den
	Freund zu verlieren?
	Nicht der Hunger ist das Schlimmste für dich oder die
	Arbeit, die ungeliebte,
	Wohl aber die Furcht vor dem Fluch, der sich dahinter
	verbirgt,
	Denn nicht du hast dein Leben im Griff, sondern er
	statt deiner,

Und ausmerzen könnte er dich, wann und auf welche
Weise auch immer.

MANN   Vielleicht unter Zuhilfenahme eines Vulkans, eines
unterseeischen,

In den ich hinein gesogen werde von einem Vakuum.

(Er macht ein Sauggeräusch, wie man es von Ausgüssen kennt.)

FRAU   Wir sollten zur Tat schreiten, schleunigst, sonst

Drehst du mir durch!

Den Fluch müssen wir bannen. Wenn nicht,

Wird er dich quälen

Bis an dein baldiges Ende.

Ach, nicht nur alleine dich, sondern mich

Gleich mit.

MANN   Wieso dich?

FRAU   Weil ich jetzt dein Kumpel von damals bin.

Wie einst ihn hat der Fluch mich erfasst.

Ihn loszuwerden, ist Notwehr.

MANN   Weißt du auch, wie?

KLEINER CHOR *(Aus dem Off.)*

Gleiches wird mit Gleichem vergolten.

So steht's schon bei Plautus.

FRAU   Kurzum, wir müssen etwas Böses tun!

MANN   *(Überrascht.)* Stimmt, nur das Böse ändert die Welt.

Einen Frevel, der Böses vergilt und

Selbst mit Bösem vergolten wird

Statt mit Wagnermusik … Perfekt!

Das hieße für uns …

FRAU   … noch einmal eine Bäckerei zu überfallen!

Noch heute.

MANN   Noch heute?

FRAU   Wir haben Donnerstag, der eignet sich zum Zaubern
am besten.

	Was nicht gelöst wurde, muss gelöst werden jetzt,
	Bevor der Freitag dämmert.
MANN	Woher zu dieser nachtschlafenden Zeit
	Eine Bäckerei nehmen, die geöffnet hat,
	Und nicht stehlen?
FRAU	Das hier, mit Verlaub, ist eine Metropole,
	Es werden sich Mittel und Wege finden.

Zum maßlosen Erstaunen ihres Mannes kramt sie hinter einem Schrank eine Schrotflinte und zwei präparierte Skimützen mit Sehschlitzen hervor.

KLEINER CHOR

Die Ehe ist ein Mysterium.

MANN   Hat sie, so gesehen, nicht etwas vom Prinzip des Bösen?

KLEINER CHOR (*Aus dem Off.*)

Auf Dauer halten die Gatten zusammen,

Wie's Tiere tun, die ineinander verbissen sind.

Intermezzo

Nachts um halb drei. Die beiden fahren in einem klapprigen Auto und suchen die Stadt nach einer geöffneten Bäckerei ab. Auf dem Rücksitz liegt die in eine Decke eingewickelte Schrotflinte, daneben die Skimützen. Die Frau trägt einen Blouson, dessen Taschen mit Ersatzmunition vollgestopft sind wie bei einer weißen Witwe. Nach einer Weile werden sie von einer gummiknüppelschwingenden Polizeistreife angehalten.

2. Szene

1. POLIZIST

Motor aus!

2. POLIZIST

Hände aufs Lenkrad!

BEIDE   Hopp, hopp!

1. POLIZIST

Was machen sie hier, so spät?

2. POLIZIST

Oder so früh — je nachdem?

1. POLIZIST

(*zum 2. Polizisten*) Je nach was?

2. POLIZIST

Dem. Für uns ist es früh. Für die Herrschaften spät.

1. POLIZIST

Vielleicht. Vielleicht auch nicht.

2. POLIZIST

Da hast du auch wieder recht.

FRAU   Wir haben Hunger und suchen eine Bäckerei.

Eine, die noch geöffnet hat.

MANN   Oder schon — je nachdem.

2. POLIZIST

(*Zeigt auf die Schrotflinte*) Damit wollen Sie wohl

Die Löcher in die Donuts schießen?

FRAU   In unserer Gegend gibt es Marder,

Die nagen die Bremsleitungen an.

1. POLIZIST

Wo liegt »ihre Gegend«? Nicht zufällig

In der Vorstadt?

FRAU   Die Marder fragen weder nach Stand noch Besitz.

ALLE VIER (*Im Quartett*)

Das muss man glauben, weil's nach Ordnung klingt.

Und der Ordnung halber sind wir unterwegs.

In einem aufgeräumten Zimmer

Sind auch die Seelen aufgeräumt.

Die Polizisten gehen tanzend ab. Die Frau und Der Mann suchen weiter.

FRAU	Ui, das war knapp.
MANN	Hier gibt's alles Mögliche, nur keine Bäckerei.
FRAU	(*Bremst hastig den Wagen.*) Die hier nehmen wir!

Sie zeigt auf die Leuchtreklame eines »McDonut's«. Dann steigt sie aus und klebt mit einem Stück Isolierband die Autonummernschilder ab.

MANN	»McDonut's« ist keine Bäckerei.
	Auch wenn sie so tun als ob.
FRAU	Was ningelst du rum?
	Willst du unseren Fluch loswerden, oder nicht?!
	Das da sieht einer Bäckerei immerhin ähnlich.
	Es wird ausreichen, denk' ich.
	Manchmal muss man Kompromisse schließen.

Sie gehen in Richtung des Ladens. Aus dem Inneren hört man Stimmen.

KLEINER CHOR (*Aus dem Off.*)
    Wo Hunger herrscht,
    Ist kein Friede.
    Wo alles satt ist
    ... Auch nicht.

Die beiden steigen aus. Die Frau reicht dem Mann die in eine Decke gewickelte Schrotflinte samt Skimütze. Auf dem Parkplatz vor dem Lokal:

MANN	(*Zeigt das Gewehr her.*) Warum ich?
FRAU	Weil du der Mann bist.
MANN	Was macht das für einen Unterschied,
	Wenn eins eine Flinte in der Hand hält?
FRAU	Es ist die Tradition.
MANN	Ich hab noch nie mit einer Waffe geschossen.
	Daran möcht' ich nichts ändern.

FRAU	Die Flinte ist gesichert.
	Rumballern wird nicht nötig sein.
	Du brauchst das Eisen bloß hoch zu halten,
	Den Finger weg vom Abzug.
	Niemand von denen wird dich in Verlegenheit bringen
	Und den Helden markieren.
MANN	Dein Wort in Gottes Ohr.
FRAU	Wir geh'n hinein, als ob nichts wäre. Sobald
	Die Angestellten ihr »Willkommen« intonieren,
	Ziehn wir die Mützen über.
MANN	Warum erst dann?
FRAU	Damit wir sie nicht vor der Zeit aufscheuchen.
	Du richtest das Gewehr auf alle
	und treibst sie zusammen. Den Rest
	Erledige ich.
MANN	Welchen Rest, um Himmels Willen?
FRAU	Wie viele Hick Häcks braucht es?
	Ob drei Mal dreißig reichen?
	Los!

3. Szene

Sie betreten das Lokal. An einem der Tische sitzt ein schlafendes Pärchen. Hinter dem Tresen steht ein Mädchen mit einem Käppi auf dem Scheitel und einem riesigen Grinsen um den Mund. Dazu der Filialleiter.

BEDIENUNG	
	Herzlich willkommen bei McDonut's.
	(Die Frau und der Mann ziehen sich die Skimützen über den Kopf. Die Bedienung schreit entsetzt)
	Ogottogott! Dazu steht nichts
	In den Verhaltensrichtlinien der Firma.

Der Mann will die Gewehrmündung auf die Gäste richten. Da es aber nur das schlafende Pärchen gibt, wendet er sich der Theke zu. Mit einem gebieterischen Schlenker des Gewehrlaufs versammelt er die Bedienung und den Filialleiter.

MANN   (*Zum Filialleiter.*) Dich kenn ich doch.

FILIALLEITER

      Ganz ausgeschlossen.

MANN   Vielleicht war ich schon mal hier?

FILIALLEITER

      Gut möglich. Ich aber nicht. Bin neu.

      Sicherlich eine Verwechslung.

MANN   Genug geplauscht. (*Er schwingt wieder die Schrotflinte.*)

DIE ANGESTELLTEN (*Im Duett*)

      Bitte nicht! Wir haben Kinder!

      Und wo wir keine haben, wollen wir noch welche kriegen.

      Wir sind nur klitzekleine Rädchen im Getriebe.

      Was bleibt uns übrig? Wir brauchen die Moneten.

FRAU   Eingangsgitter runter und Leuchtreklame aus!

FILIALLEITER

      Das wär' fatal!

      Schließ' ich das Geschäft außer der Zeit,

      Bekomm' ich Schwierigkeiten mit der Zentrale.

FRAU   Schwierigkeiten hast du jetzt, du Clown. Also:

      Eingangsgitter runter und Leuchtreklame aus!

MANN   Besser du tust, was meine …, was man dir sagt!

      Und dass du mir nicht den falschen Knopf drückst!

Nach einigem Zögern knipst der Filialleiter die Leuchtreklame aus und betätigt einen Schalter am Switchboard, worauf das Gitter am Eingang herunterrasselt.

FILIALLEITER

Bringen wir's hinter uns! Was verlangen Sie?

FRAU   Drei Mal dreißig Hick Häcks, zum Mitnehmen.

FILIALLEITER

Wie bitte?

MANN   Bist du taub?

FILIALLEITER

Das ist alles?

FRAU   Wenn's dir zu wenig erscheint,

Kannst du uns auch drei Mal drei Mal dreißig einpacken!

FILIALLEITER

Was steckt dahinter? Bestimmt etwas Furchtbares!

Sie können das ganze Geld aus der Kasse haben.

Viel ist es nicht, das sage ich gleich,

Um elf ist abgerechnet worden, aber was noch da ist,

Gehört Ihnen.

FRAU   Das wollen wir nicht.

FILIALLEITER

Wenn Sie's nehmen, bleibt mir der Ärger erspart

Mit der Versicherung.

MANN   Ihre Versicherung interessiert uns einen Scheißdreck.

FILIALLEITER

Hören Sie, ich leg' Ihnen noch einen Batzen Knete

Obendrauf.

Dann könnten Sie woandershin gehen, ganz nobel.

MANN   Wozu sollten wir uns solche Umstände machen?

FILIALLEITER

Wegen der Steuer. Die Bücher kommen mir

Total durcheinander.

MANN   Abrechnung um elf, Versicherung, Steuer …

Du willst uns linken, du Hund!

Tu' besser, was man dir sagt!

Intermezzo

Quasi Ballett (Pantomime). Die Angestellten beginnen in der Küche mit der Herstellung der drei Mal dreißig Hick Häcks. Während die Frau die fertiggestellten Hamburger zählt wie eine Kontoristin und sie in eine Papiertragetasche stopft, wird dem Mann, hungrig wie er ist, schwindelig. Er kämpft mit sich, einen oder zwei der Hamburger auf der Stelle zu verschlingen. Da er sich aber nicht sicher ist, ob sich ein solches Vorgehen mit den allgemeinen Absichten des Überfalls vertrüge, entschließt er sich auszuharren.

BEDIENUNG

      Drei Mal dreißig Hick Häcks, ogottogott!

      Wozu soll das gut sein?

      Wollen Sie explodieren?

MANN   Und wenn schon, was geht's dich an!

BEDIENUNG

      Die Sauerei! An wem bleibt's hängen?

FRAU   Zwei große Limo dazu.

      (Sie legt das Geld dafür auf den Tresen.)

BEDIENUNG

      Und die Hick Häcks? Die kosten auch.

FRAU   Gute Frau, das ist ein Überfall.

      Und die Hick Häcks sind unsre Beute.

BEDIENUNG

      Warum die Limos nicht auch?

MANN   *(Zur Frau.)* Ja, warum die Limos nicht auch?

FRAU   *(Sie holt eine Paketschnur aus der Tasche und fesselt die Bedienung und den Filialleiter an einen Pfeiler. Zum Mann:)*

      Beim ersten Überfall waren keine Getränke im Spiel

                    und kein Geld.

      So durchbrechen wir den Teufelskreis des

                     Immerwiederkehrenden

      Und lösen den Bann!

BEDIENUNG

Das verstehe, wer will.

FILIALLEITER

Ich, dessen seien Sie versichert,
Will nicht.

Der Mann wickelt das Gewehr in die Decke. Die Frau nimmt die Tragetaschen. Durch einen Spalt im Eisengitter gelangen sie nach draußen.

4. Szene

Das Paar fährt eine Weile mit seinem Auto und parkt, während bereits der Morgen heraufdämmert.

FRAU   Nun nimm dir doch endlich was!

MANN   Ich fühle keinen Hunger mehr. Nicht für einen Cent.

FRAU   Ich auch nicht. Verrückt.

MANN   Ich hatte schon befürchtet, dieses Loch im Magen
            Wäre im Leben nicht mehr zu stopfen.

FRAU   Und nun ging's ganz von alleine, schwupp, war es weg.

Frühe Sonnenstrahlen zeigen sich. Von fern tönt die erste Radiomusik des Tages aus den Häusern, Country oder dergleichen. Vögel zwitschern.

MANN   Wie die Keulenschwingenpipras.

FRAU   Wie wer?

MANN   Schon gut. Eine Erinnerung.
            (Schweigen.)
            Was machen wir jetzt mit all dem Zeug?

FRAU   Wir könnten es in die Vorstadt bringen, zu den
                                        Obdachlosen.

MANN   Und uns von den Bullen erwischen lassen.

Er blickt aus dem Fond des Wagens nach unten.

FRAU	Wonach hältst du Ausschau?
MANN	Nach dem Vulkan, weißt du noch?
FRAU	Siehst du ihn?
MANN	Nein.
	(Schweigen.)
	Ehrlich gesagt, mir fehlt was.
FRAU	Da ist eine neue innere Leere.
MANN	Das Sattsein hinterlässt sie, wo früher der Hunger war.
FRAU	Was werden wir jetzt anfangen?
MANN	Uns treiben lassen in unserem Boot,
	Fort von der Stelle, wo der Vulkan stand,
	Irgendwohin, wohin wir gehören,
	Von dem wir vielleicht noch nicht wissen,
	Dass wir dorthin gehören.
	Einfach treiben, treiben, treiben.
FRAU	Aber nicht in die Vorstadt.
MANN	Nein, auf keinen Fall in die Vorstadt!

Die beiden schlafen ein. Ihr führerloses Auto, das Boot, treibt in die Vorstadt, wo noch immer oder schon wieder geköpfte Sonnenblumen liegen und am Straßenrand der Kumpel des Mannes hockt und auf die Rückkehr des anderen zu warten scheint.

ALLE BETEILIGTEN (*Kleiner Chor und alle Solisten, auch die schlafenden*)
Der gerade Weg ist der kürzeste, wie wir wissen.
Doch die Erfahrung lehrt, dass wir auf ebenjenem
Am längsten brauchen, um zum Ziel zu gelangen.

ENDE

ANMERKUNGEN

Anm. 1: Die Geschichte von der Frau auf der Ranch in Arizona, Gleichnis von Charles Smith, erzählt nach Steve Kumar, Christ sein? Logisch! (Argumente für den Glauben), Brunnen Verlag GmbH, Gießen.

Anm. 2: »Alle Vereinfachungen der religiösen Dogmatik ...«, nach dem britischen Philosophen und Mathematiker Alfred North Whitehead.

Anm. 3: »Gottes einzige Entschuldigung ist, dass er nicht existiert« ist zitiert nach Stendhal.

Anm. 4: »Keulenschwingenpipra«. Spatzengroßer Vogel im nordöstlichen Südamerika. Um sich dem Geschlechtspartner bemerkbar zu machen, reibt er sehr schnell seine Flügel auf dem Rücken gegeneinander, wodurch die »Tick-tick-ting«-Töne seiner violinartig klingenden Liebesarie entstehen. Der Vogel verfügt über speziell ausgebildete Federn, die in sich gedreht und an den Enden verdickt sind. Sie werden mit einer Geschwindigkeit von mehr als hundert Schwingungen pro Sekunde gegeneinander gerieben.

Anm. 5: »Um seinen Absatz zu beschleunigen und dadurch mit demselben Kapital in kürzerer Zeit denselben, folglich in derselben Zeit wie bisher einen größeren Profit zu erzielen, muss der Kaufmann einen kleinen Teil seines Mehrwerts dem Käufer schenken.« Karl Marx: Das Kapital: III. Band: Der Gesamtprozeß der kapitalistischen Produktion, S. 31. Digitale Bibliothek Spektrum Band 4: Marx: Das Kapital, S. 4260 (vgl. MEW Bd. 25, S. 915.

Anm. 6: »Die Ökonomisierung der gesellschaftlichen Produktionsmittel, die erst im Fabriksystem treibhausmäßig gereift ist, [wird] in der Hand des Kapitals ... zugleich zum systematischen Raub an den Lebensbedingungen des Arbeiters (...).« Nach: Karl Marx: Das Kapital: I. Band: Der Produktionsprozeß des Kapitals, S. 170. Digitale Bibliothek Spektrum Band 4: Marx: Das Kapital, S. 661 (vgl. MEW Bd. 23, S. 449.

Anm. 7: »Dann halten die Eheleute nur noch in der Art zusammen, wie es Tiere tun, die sich ineinander verbissen haben.« Nach Gerhart Hauptmann.

Anm. 8: »In einem aufgeräumten Zimmer sind auch die Seelen aufgeräumt ...« ist nach Ernst von Feuchtersleben zitiert.

Anm. 9: »Der gerade Weg ist der kürzeste ...« nach einem Aphorismus von Georg Christoph Lichtenberg.

Doris Claudia Mandel ist 1951 in Merseburg geboren, sie lebt in Halle (Saale). Nach Abitur und Berufsausbildung zur Chemiefacharbeiterin Anlagenfahrerin in einer Sauerstofffabrik. 1971 bis 1975 Studium der Germanistik und Musik an der Martin-Luther-Universität Halle-Wittenberg (Lehramt). Ebendort bis 1978 Forschungsstudentin im Wissenschaftsbereich Literatursoziologie. Mitglied in der Arbeitsgemeinschaft Junger Autoren, Kandidatin des Schriftstellerverbandes der DDR. Seit 1979 freiberufliche Schriftstellerin und Journalistin. Zehn Jahre lang Mitglied bei den Hallenser Madrigalisten. Von 1980 bis 2001 künstlerische Leiterin des Kammerchores Leuna. Zwischenzeitlich 1989 Zeitungsverkäuferin bei der Deutschen Post. Gründete 1991 eine Wochenzeitschrift, den »Merseburger Anzeiger«, und stand ihr als Chefredakteurin vor. Von 1994 bis 1997 Leiterin für Öffentlichkeitsarbeit am Künstlerhaus in Halle (Saale). 1999/2000 in derselben Funktion beim Förderverein für Frauen in Sachsen-Anhalt. 1997 Endrundenteilnehmerin beim Literaturwettbewerb des Mitteldeutschen Rundfunks (mdr). Mehrjährig Vorstandsmitglied im Sängerbund Giebichenstein. Von 1998 bis 2014 Mitglied im Förderkreis der Schriftsteller in Sachsen-Anhalt. 2002/2003 Stadtschreiberin von Halle (Saale). Seit 2005 Mitglied des Verbandes deutscher Schriftsteller und Schriftstellerinnen in der Gewerkschaft ver.di. 2008 Arbeitsstipendium der Kunststiftung Sachsen-Anhalt. Im selben Jahr zweite Preisträgerin beim Landespreis für Volkstheaterstücke Baden-Württemberg. 2013 Gründungsmitglied des Kulturwerks deutscher Schriftsteller Sachsen-Anhalt.

Stammverlag für die dramatichen Arbeiten der Schriftstellerin Doris Claudia Mandel ist der adspecta Theaterverlag für Amateur- und Profibühnen mit Sitz im sauerländischen Meschede. Seine Internetadresse lautet: https://adspecta.de/. Bei diesem Verlag sind von der Autorin bislang folgende Titel hinterlegt und abrufbereit:

Homestory. Eine Farce für zwei. 2 Spieler (0 m / 2 w), Spielzeit ca. 30 Minuten.

Abrechnung. Komödie. 8 Spieler (2 m / 6 w), Spielzeit ca. 90 Minuten.

Seilbahnfahrt. Ein Duodrama für einen Schauspieler und eine Schauspielerin. 2 Spieler (1 m / 1 w), Spielzeit ca. 40 Minuten.

Am Gesang kennt man den Vogel. Komödie. 8 Spieler (4 m / 4 w), Spielzeit ca. 100 Minuten.

Der vorliegende Band war bereits 2008 in der Galgenbergschen Literaturkanzlei, Halle (Saale) erschienen. Ebenso ein Band mit Stücken für das Sprechtheater bzw. für den Hörfunk (oder verwandte Medien) unter dem Titel **Brautschau in Lauchstädt**. Auch dieser letztgenannte Band wird für eine Neuausgabe bei BoD vorbereitet, nachdem die Galgenbergsche Literaturkanzlei nicht mehr existiert. In ihm sind zwei Texte um Episoden aus dem Leben des deutschen Schriftstellers und Dichters Friedrich Schiller vereinigt. Das erste, »Der Knaster oder Das Göttliche auf Erden«, hat die längste Entstehungsgeschichte. Es war ursprünglich als Vorlage für ein Musical gedacht, das zu Beginn der achtziger Jahre des 20. Jahrhunderts am damaligen Landestheater von Halle an der Saale entstehen sollte, hat aber nach der Absage des Vorhabens im Verlaufe der Zeit begonnen, ein Eigenleben zu führen. Der Text konzentriert sich auf jenen Tag, an dem der

Eleve Schiller aus der Stuttgarter Karlsakademie flieht und stellt neben dem Konflikt mit dem aufklärerisch despotischen Herzog jenen mit Schillers Kameraden in den Mittelpunkt. Das zweite Stück unter dem Titel »Brautschau zu Lauchstädt« ist für den Hörfunk oder vergleichbare Medien gedacht und weit nach dem ersten entstanden. Es hat die ménage à trois zwischen Schiller und den Schwestern Lengefeld zum Gegenstand, von der ersten Begegnung der drei bis ins Jahr nach der Hochzeit Schillers. Beide Texte orientieren sich stark an den Tatsachen, soweit sie uns zugänglich sind, verhehlen aber auch nicht die literarische Tradition.

Mandels ältere Arbeiten für die Bühne sind:

Opern-Treff (UA 1978, Landestheater Halle)

Die Katze lässt das Mausen nicht. Ein Pasticcio zu Taback und Coffeee in der Musik (UA 1979, Landestheater Halle)

Das kleine Spiel von der großen Zeit. Eine Schulfarce (UA 1995, Laienspielgruppe am neuen theater halle)